KB209909

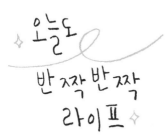

오늘도
반짝반짝
라이프

오늘도
반짝반짝
라이프

호기심 많은 블로거
'하스타'의
신나는 삶 도전기

하경래 글

×

이내 그림

한티재

들어가며

발신인 : 구슬치기 마스터 하경래

수신인 : 구슬치기에 관심이 있는 사람 모두에게

마스터 클래스 일정 :

초대장을 손에 쥔 순간부터 계속

구슬치기 마스터 클래스
초대장

어린 시절 친구들과 신나게 구슬치기하고 집으로 향하던 길, 바지 주머니를 가득 채운 유리구슬의 찰랑이는 소리가 참 좋았어요. 어렵사리 모은 알록달록 예쁜 구슬은 나만의 주머니에 고이 담아 두곤 했습니다.

삶은 빛나는 구슬을 하나하나 모아 주머니에 담는 과정 같아요. 그래서 저에게 도전은 언제나 신나는 일이랍니다. 때로는 어려운 순간도 만나지만 용기를 내어 도전해 얻어 낸 구슬을 주머니에 담을 때면, 내가 해낼 수 있는 일이 생겼다는 사실이 뿌듯해요. 언젠가 세상 여행을 마치고 신 앞에 서서 반짝반짝 빛나는 구슬을 가득 담은 주머니를 자랑스럽게 열어 보이는 내 모습을 상상하면 웃음이 나곤 합니다.

저는 관심 가는 구슬이라면 모두 갖고 싶어 했던 어린 시절의 마음으로 구슬치기를 시작했어요. 순수하게 갖고 싶다는 열망, 호기심으로 시작한 구슬치기였죠. 작은 구슬부터 시작한 구슬치기는 큰 구슬도 가질 수 있게 해 주었고, 구슬이 굴러 다음 구슬로 이어지는 짜릿함도 느낄 수 있었어요. 이렇게 모인 크고 작은 구슬들은 그들이 가진 다양한 빛으로 오늘을 밝혀주고 있답니다.

구슬치기 전반전이 종료되었습니다.

내 나이 서른일곱 살. 나고, 먹고, 배우고, 자란 한국을 처음으로 떠나 우즈베키스탄이라는 나라에서 살게 되었습니다. 해외여행은 많이 다녀 보았지만 해외에서 살아 보는 것은 처음이기에 지난 시간 한국에서의 삶을 돌아보고 싶었습니다. 인생 구슬치기에서 나는 과연 얼마나, 어떤 구슬을 주머니에 담았는지 정리하는 시간을 가지기로 했습니다. 이 책은 37년 동안 한국에서 모아 온 크고 작은 구슬을 소개하는 자리입니다. 열한 살 혼자 떠난 프랑스, 기자 생활, 바디프로필 도전, 케이크 가게 창업, 대금 배우기 등 어린 시절부터 주부, 워킹맘에 이르기까지 다양한 구슬치기 판에서 따낸 저의 소중한 구슬들을 만나 보실 수 있습니다.

특히 책을 쓰는 일은 저에게 너무 커다란 구슬이었습니다. 적은 밑천이 여지없이 드러날 것 같아 두려웠거든요. 남들처럼 뛰어난 학식과 통찰을 갖추었거나, 돈을 많이 벌었거나, 한 분야의 전문가도 아닌, 그저 대한민국의 평범한 아줌마일 뿐이었으니까요. 하지만 두렵다고 멈추고 싶지는 않았습니다. 포기에서 오는 후회가 싫었습니다. 구슬 따기에 성공하지 못하더라도 '일단 시작하면 무언가 남겠지' 하는 생각으로 글쓰기에 도전했고, 지금은 그토록 크게만 보였던 왕 구슬이 제 주머니에 담겨 있어요. 두려움의 크기만큼 더 빛나고 소중한 구슬입니다.

우즈베키스탄에서 시작될 구슬치기 후반전을 기다리며, 구슬치기를 잠시 멈추고 그동안 담은 찰랑이는 주머니를 열어 구슬을 세어 보는 시간. 하나하나의 경험과 도전이 구슬이 되어 내 주머니를 가득 채웠고, 먼지 묻은 구슬을 꺼내어 닦으면서, 나라는 사람이 무엇을 좋아하고 어떤 생각을 갖고 사는 사람인지 더욱 깊이 깨닫게 되는 시간이었습니다. 예측 불허 구슬치기 후반전. 기대됩니다.

이 책은 오마카세에서 셰프가 손님에게 음식을 제공할 때마다 재료의 원산지와 조리법을 친절히 하나씩 설명하듯, 제 주머니 속 다양한 구슬을 하나씩 꺼내어 소개하고 있습니다. 구슬마다 담긴 서로 다른 이야기들의 찰랑거림을 느껴 보시기 바랍니다.

'용기' 구슬

어린 시절 혼자 파리행 비행기를 타고 프랑스로 간 순간을 담았습니다. 순수한 열한 살 어린이의 시선으로 본 세상을 담으면서, 제 두 아이도 호기심 넘치고 자유롭고 독립적인 사람이 되기를 바라는 마음입니다.

'존재' 구슬

블로그에 일상을 담던 주부가 어느 날 기자라는 이름표를 달면서, 나에 대한 정의를 새롭게 한 뒤 변화해 가는 과정의 기록입니다.

'몰입' 구슬

바디프로필은 내 인생의 터닝포인트가 되는 가장 중요한 사건입니다. 무엇인가를 진득하게 꾸준히 하지 못하고 포기해 버리기 일쑤였던 제가 몰입의 참 의미를 느낀 뒤, 해내는 것에 대한 재미와 자신감을 회복하는 이야기입니다.

'추진력' 구슬

새로운 분야에 대한 관심으로 시작한 일이 3개월 만에 떡케이크 창업으로 이어지는 사업 이야기를 담았습니다. '만들었으니 팔아 봐야지'하는 자신감과 용기로 밀어붙인 창업. 실패에 대한 두려움을 능히 이기게 하는 추진력을 엿볼 수 있습니다.

'준비' 구슬

생애 첫 해외 생활을 준비하며 그동안 열정을 쏟던 일을 정리하면서 돌아보고 느꼈던 감정을 담았습니다. 또 해외 이사를 준비하며 제 마음대로 되지 않는 상황 속에서 벌어지는 갈등을 통해 성장하는 나를 만납니다.

삶은 빛나는 구슬을
하나하나 모아
주머니에 담는 과정 같아요.

짤랑

짤랑

아름다운

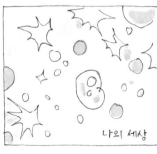

나의 세상

육아를 하고 계신가요? 일을 하고 계신가요? 그 누구든 구슬치기는 가능합니다. 온갖 영상들이 쏟아지는 미디어의 홍수 속에 시간을 버리지 말고, 남의 구슬치기를 관전만 하지 말고, 직접 움직여 주머니 가득 나만의 구슬을 채워 보세요. 이 책을 통해 소개한 저의 구슬들을 보며 어떤 환경에 있든 구슬치기에 도전하는 용기를 갖게 되었으면 좋겠습니다. 늘 시작이 어려웠던 당신, 아직도 구슬치기를 망설이고 계시나요? 아주 작은 시작, 구슬을 살짝 굴려 본다는 가벼운 마음으로 시작한다면, 머지않아 주머니 속에서 찰랑거리는 구슬 소리를 듣게 될 거예요.

구슬의 작은 반짝임에도 미소 짓게 되는, 후회 없을 흥미진진한 구슬치기 마스터 클래스로 당신을 초대합니다.

추신

구슬치기 마스터 클래스의 성공적인 개최를 위해 도움 주신 분을 소개합니다.

구슬에 대한 끝없는 열망과 호기심을 심어 준 하느님.

어떤 구슬 따러 가냐고 묻지 않고, 그저 묵묵히 나가는 길을 배웅해 준 남편.

언제 구슬 따고 돌아오냐고 재촉하지 않고, 건강하게 잘 자라 준 두 아이.

차례

들어가며   구슬치기 마스터 클래스 초대장   4

1부   반짝반짝 구슬 모으기

색이 없는 것도 색이다   19

열한 살, 나 홀로 프랑스   25

달콤한 초콜릿   40

다이어트 식단이 제일 쉬웠어요   45

바디프로필, 까짓것 질러 보자   50

러닝머신 위에서 케이크를 외치다   56

내 이름은 소담화   61

천사를 만나다   71

동요를 사랑했던 아이   82

소리를 허하라   90

나무 대금은 백만 원   96

코치님, 기상!   107

2부   오늘은 우즈벡

우즈베키스탄에 헬스장이 있을까   121

미니멀리스트는 웬걸   128

꽂히면 한다   138

기자증, 반납합니다   143

송편과 오란다, 그리고 김칫국   150

봄을 향해 가는 컨테이너   156

익숙함을 사랑하는 법   168

우즈베키스탄의 응급실   175

기분 좋은 출발   182

에필로그   당신도, 반짝이길   188

1부

반짝반짝
구슬 모으기

색이 없는 것도
색이다

어느 해 겨울, 한 아이가 태어났습니다. 축복 속에 태어
난 아이는 부모님의 사랑을 받으며 무럭무럭 자랐어요. 따
뜻한 밥을 먹고, 예쁜 옷을 입고, 가방을 맨 아이는 초등학
교, 중학교, 고등학교, 대학교를 졸업했죠. 아이는 평생을
함께할 남자를 만나 결혼을 했지요. 그리고 사랑스러운 두
자녀의 엄마가 되어 가족과 함께 따뜻한 집에서 행복하게
살았습니다.

이 이야기의 주인공은 나다. 태어나서 학교 다니고, 결혼해서 독립하는 특별할 것 없는 이야기. 하늘이 무너져 내리는 다이내믹한 고난의 서사도 없는 그저 평범한 삶. 평범한 사람이 쓰는 평범한 이야기를 세상에 소개한다고? 꿈도 꾸지 못할 일이었다.

평소 즐겨 보던 자기 계발 유튜버가 새로운 프로젝트를 시작했다는 소식을 들었다. 새로운 인재를 찾아 퍼스널브랜딩을 도와주고, 책 출판과 더불어 자신의 유튜브에 초대하는 프로젝트였다. 나는 기자 활동을 하며 글쓰기를 꾸준히 한 덕분인지 1차 합격에 성공했다. 1차 합격자 50명을 대상으로 2차 면접을 진행했는데 대부분 자신만의 색깔이 분명한 사람들이었다. 나는 유튜버의 칼 같은 피드백을 받아 들고 이틀을 앓아 누웠다. 시쳇말로 현타(현실 자각 타임)라고 하지. 전문가의 객관적인 시각을 통해 나는 정확히 내 주제 파악을 하고 말았다. 나는 아직 내 속에 있는 특별한 것을 찾지 못한 사람이구나. 나도 나만의 색을 찾아 분명해지고 싶다는 생각이 들었다.

유명한 인플루언서도, 유명한 사업가도 아닌 평범한 내가 다른 사람에게 들려줄 이야기가 있을까. 지독한 고난 앞에 용감하게 맞서 싸워 승리해 큰 깨달음을 얻은 자만 세상에 자신을 소개할 수 있다고 생각했던 나는 어떻게 하면 나의 색을 찾을 수 있을지 고민했다. 글쓰기를 시작했다. 기억 속 가장 어린 시절부터 나만의 이야기를 담기 시작했다. "왕자님을 만나 행복하게 살았습니다"로 끝나는 빤한 이야기지만 동화 속 공주님들도 각자 다양한 방법으로 왕자를 만나지 않았나? 사과, 잠, 구두, 야수…. 그 누구 하나도 같은 경험을 한 공주는 없으니까. 평범한 나의 삶도 이야기가 될 수 있을 거라는 희망과 함께.

나는 참 많은 것을 참 쉽게 배우고 살았다. 배움을 위한 결정은 신속했고, 행동은 과감했으며, 결과는 늘 만족스러웠다. 쉬운 배움을 위한 나만의 수강 비법은 이러하다.

비법 하나.

수강하고자 하는 분야의 전문가를 찾아라. 전문가는 괜

히 전문가가 아니다. 수많은 시행착오를 통해 수많은 데이터를 쌓아 노하우를 갖고 있는 분이다. 나는 전문가의 데이터를 일시에 다운로드 받기만 하면 되는 것이다. 고생을 사서 하지 말자. 제자를 배출하고 있는 전문가라면 더욱 좋다.

비법 둘.

일대일 수업을 들어라. 비용은 배신하지 않는다. 예산이 당신의 발목을 잡을지라도 멀리 보는 눈을 가져라. 두 번 돈 쓸 일이 없이 가장 효과적인 것은 개인 수업이다.

비법 셋.

단기 집중 프로그램을 선택하라. 가늘고 긴 커리큘럼보다는 최대한 단기간 많은 정보를 얻을 수 있는 커리큘럼을 선택하는 것은 시간과 돈을 아낄 수 있다.

비법 넷.

결정이 끝났다면 최대한 빠른 시일 내에 수강을 시작하

라. 결정과 동시에 수강을 시작하면 가장 좋다. 마음속 동기와 열정이 가장 불타오를 때 수강을 위한 집중도가 올라간다. 또한 내가 이 수업을 잘 선택한 것일까 고민할 시간적 여유를 주지 않아 강의 만족도도 높아진다.

앞으로 이어질 이야기에서는 나의 비법들이 녹아 있는 배움의 이야기들을 구체적으로 만나게 될 것이다.

내 삶을 돌아보는 글을 쓰면서 평범함을 감사하게 생각하지 못했던 나를 반성했다. 너무나 지독하게 평범해 자랑할 거리가 하나도 없다고 생각했는데, 계획대로 흘러가는 이 삶 그 자체가 특별한 일이었다. 돌아가신 외할머니 묘비에 적힌 성경 구절, "항상 기뻐하라, 쉬지 말고 기도하라, 범사에 감사하라", 이것 중 나는 단 하나도 기억하지 못하고 살았구나.

나는 외모, 돈, 명예처럼 드러나게 빨강, 노랑, 파랑, 화려한 색을 가진 사람은 아니다. 하지만 지금은 색이 없다고 불평하지 않는다. 세상에 드러나지는 않지만 나는 투명한 듯한 내 이야기를, 내 삶을 사랑한다. 그리고 앞으로 펼쳐질 내 이야기를 기대하고 소망하며 살아간다.

하경래라는 투명한 구슬을 구경하기 위해 이 책을 펼친 당신, 환영합니다.

열한 살,
나 홀로 프랑스

찰칵! 연보라 폴라 티셔츠에 주황색 재킷을 입고, 연분홍 커다란 꽃

이 달린 머리띠를 하고 사진관에 갔다. 처음으로 여권 사진을 찍었다.

－ 1996년 열한 살의 어느 날

어른이 된 지금 그 시절 여권 사진을 보고 있자니 민망

하기 짝이 없다. 촌스러운 컬러 조합에 화려한 꽃 머리띠.

마치 북한 어린이 공연단 같다(요즘과는 많이 다른 자유로운

어권 규정이다). 우리 엄마는 저 웃긴 패션을 그냥 뒀다고? 옷을 맵시 있게 입지 못하는 연예인을 두고 '코디가 안티'라는 말을 하던데, 이제 보니 우리 엄마가 나의 안티였다. 안티가 아니라면 패션 취향이 확실한 열한 살 꼬마를 못 이긴 거였을지도.

　아빠, 안녕. 잘 다녀올게요. 걸음을 재촉하는 승무원 때문에 아빠와 짧은 이별 인사를 해야 했다. 나는 오늘 프랑스에 계시는 삼촌을 만나러 혼자 프랑스로 가는 길이다. 집에서 입국, 출국 절차에 대한 방법을 지겹도록 들었지만, 항공사에서 제공하는 '혼자 여행하는 어린이를 위한 서비스' 덕분에 쉽게 비행기를 탔다.

ㅡ 1996년 12월 27일 김포공항

　생애 첫 해외여행을 위해 홀로 비행기에 오른 어린이. 프랑스에 대해 아는 것이라고는 에펠탑밖에 없었지만, 삼촌이 계신 프랑스에 가 보겠냐는 부모님의 제안에 망설임 없이 가겠다고 답했다. 이것이 얼마나 대단한 일인지 그때는 몰랐다. 부모님 품을 떠나 열 시간이 넘는 비행을 해야 하는데도 가겠다고 말한, 겁 없던 열한 살의 나를 칭찬한다. 하고 싶은 일이 생기면 걱정과 고민보다 일단 행동으로 옮기고 보는 삶은 이때부터 시작되었나 보다.

겁 없는 열한 살 꼬마도 놀랍지만, 아이 혼자 프랑스로 보내는 부모님은 더 놀랍지 않나. 부모님께 어떻게 아이를 혼자 보낼 수 있었느냐 물으니 돌아오는 대답은 간결하고 명쾌했다. 비행기에 태워 보내면 알아서 도착하는데 뭐가 걱정이니? 맞는 말이다. 김포-파리 직항 비행기이니 탑승만 하면 도착할 테니까. 부모님의 담대함에 박수를 보낸다.

파리행 비행기 의자에 앉는 순간, 가족이 그리울 거야, 프랑스에 가서 재미있을 거야, 하는 생각이 들었다. 옆자리에 앉은 오빠와 서로 자기소개를 하고 나니 비행기가 출발한다는 안내 방송이 들렸다. 안전벨트를 매고, 편안한 자세로 출발하였다. 처음엔 화장실이 어딘지도 모르고 좌석의 등도 켜지 못했지만 서서히 알게 되었다. 심심해서 옆자리 오빠의 밥을 빼앗아 먹기도 하고, 함께 게임도 하고, 혼자 음악, 영화, 책, 잠 등으로 시간을 보냈다.

아직도 생생히 기억나는 기내 영화 관람. 영화 제목은 〈인디펜던스 데이〉. 영어도 모르는 내가 이 영화 제목을 잊지 않기 위해 몇 번이고 이름을 따라 읽었던 기억이 난다. 텔레비전에서 나오는 만화영화가 전부였던 나에게 외계 생명체가 등장하는 영화는 그야말로 충격이었다. 실감나는 화면에 빠져든 까닭에 길고 긴 비행시간의 대부분이 비행기에서 영화 보고 내린 기억으로 남아 있을 정도니까. 이 때문일까, 내가 가장 좋아하는 영화 장르는 SF이다. 첫사랑은 잊을 수 없지.

가끔씩 창밖을 내려다보면 길고 긴 시베리아 벌판도 보이고 산등선만 보이는 숲이 펼쳐지기도 하였다. 몇 시간이 지났을까. 파리공항이 눈에 들어왔다. 나는 아빠가 적어 준 종이를 꺼냈다. 도착했을 때 나가는 방법과 혹시 공항에서 길을 잃었을 때를 대비해 한국어, 프랑스어, 영어로 적힌 삼촌의 연락처와 주소가 적혀 있는 종이였다. 그리고 바지 뒷주머니도 만져 봤다. 잘 있구나, 안심했다. 혹시라도 돈을 잃어버릴까 봐 엄마는 내 바지 뒷주머니에 돈을 넣고 주머니를 꿰매 주었던 것.

새까만 밤, 하늘에서 본 공항은 반짝이는 트리처럼 보였다. 반짝이는 불빛은 빠른 속도로 커지더니 비행기가 덜컹 소리를 내며 착륙했다. 비행기에서 내리니 파란 눈의 승무원이 내 손을 잡고 공항으로 안내했다. 대한항공을 탔기에 당연히 한국인 승무원이 안내해 주리라 생각했는데 외국인 승무원이라서 살짝 놀랐다. 승무원은 나를 안심시키려는 듯 여러 가지 말을 건넸지만 나는 알아들을 수 없었다. 못 들은 척 고개를 푹 숙이고 걷는 내게 "프랑스 말 몰라요?" 하고 한국말로 물어본다. 뭐야, 이 사람. 한국말 할 줄 아네. "몰라요"라고 답했더니 더 이상 말을 걸지 않았다. (그녀도 할 줄 아는 한국말이 더는 없었나 보다.) 비행기부터 공항으로 이어진 짧은 길을 걷는 동안 서로의 발걸음 소리만 들렸다. 짧은 거리인데 참 길게 느껴졌다. 나도 프랑스 말을 할 줄 알았더라면 똑똑한 어린이라

는 칭찬을 들을 수 있었을 텐데. 어디에서나 인정받고 싶은 어린이였던 나.

항공사에서는 어린이뿐만 아니라 몸이 불편한 사람에게도 입국 수속 지원 서비스를 제공하고 있었다. 나는 휠체어를 탄 사람과 합류해 함께 출구로 나갔다. 어라? 아빠가 알려 준 입국 수속 하는 곳을 빼먹고 그냥 지나가네? 이미 입국 심사를 마친 휠체어 탄 사람을 챙기느라 손을 잡고 있는 나를 잊었나 보다. 톡톡톡— 나는 말이 통하지 않는 승무원의 팔을 손가락으로 두드리며 여권을 보여 줬다. 입국장 자동문이 열리고 닫힐 때마다 보이는 반가운 삼촌의 얼굴을 뒤로하고 승무원과 나는 황급히 입국 심사를 받으러 되돌아갔다. 똘똘한 녀석. 스스로가 기특해지는 순간이었다. 방금 전까지 프랑스 말을 몰라 속상해 했던 나였는데, 지금은 승무원보다 공항 절차를 더 잘 아는 똑똑한 어린이가 되었다. 이 사건은 한국으로 돌아가면 부모님께 꼭 말씀드려야겠다는 생각이 들었다. 성인이 된 지금도 입국 심사장을 볼 때면 그날의 기억이 떠오른다. 기분 좋은 추억. 그래, 난 똑똑해.

　삼촌을 만나 주차장으로 가는 길에서 마주한 파리의 공항은 정말 거대했다. 지금이야 인천공항이 세계적인 사이즈와 최고의 서비스를 제공하는 공항이지만, 약 30년 전 국제선을 운행하던 김포공항은 참 외소했을 터. 열한 살 꼬마가 처음 외국 땅을 밟아 만난 첫 건축물, 샤를드골공항. 벽을 마감재로 덮은 한국의 건축만 보다가 노출 콘크리트로 된 공항 건물을 보니 굉장히 낯설었다. '왜 짓다가 말았지?' 싶을 정도로. 공항의 거대한 규모와 거친 마무리 덕분에 프랑스는 웅장하면서도 무채색의 차가웠던 나라라는 느낌으로 기억에 남았다. 한 나라의 인상을 결정짓는 첫 번째 관문인 공항과 호텔이 이래서 중요하구나. 그날 일기에는 이렇게 적혀 있었다. "공항 안은 거대하였다. 처음 보는 사람은 눈이 휘둥그레질 정도로. 아쉬운 것은 저녁이라 공항은 크고 사람은 적다는 것이다."

　삼촌이 사는 프랑스 집 구조는 우리나라와는 달랐다. 특히 욕실이 많이 달랐는데, 욕조 밖에서는 샤워를 할 수 없었다. 그 이유는 물 빠지는 구멍이 없기 때문이다. 그리고 변기는 물을 내릴 때 위의 어떤 물체를 잡아당겨야 했다.

샤워를 마친 뒤 옷을 갈아입고 화장실 앞을 지나쳤을 때다. 숙모가 열심히 화장실 바닥을 걸레로 닦고 물기 짜기를 반복하고 계셨다. 아, 바닥에는 물 빠지는 구멍이 없으니 욕조 밖으로 물이 튀지 않게 조심하라고 했는데 아뿔싸, 나는 이미 한국에서처럼 첨벙첨벙 물놀이를 즐긴 뒤였다. 부끄럽고 죄송한 마음에 못 본 척 슬며시 복도를 걸어 나왔다. 얼마나 많은 물이 흥건하게 있었을지 지금 생각해도 아찔하다. 숙모, 죄송해요. 이 한마디가 참 어려웠던 어린이. 나는 프랑스와 한국의 문화 차이를 민망한 사건을 통해 배웠다.

프랑스 여행에서 가장 가 보고 싶었던(사실 프랑스 하면 에펠탑 하나밖에 몰라서) 에펠탑에 도착했다. 가는 날이 장날 맞네. 수십 년 만에 찾아온 혹독한 한파에 에펠탑 꼭대기 층 관람이 중단된 상태였다. 왜 하필 나에게 이런 일이! 강추위에 얼굴을 꽁꽁 싸매고 에펠탑 2층까지만 올라가 파리 시내를 내려다봤다. 반짝반짝 빛나던 파리. 다음에 꼭 다시 프랑스를 찾아 에펠탑 꼭대기에 오르겠노라 다짐했다. 칼바람 맞으며 분노의 칼을 갈던 열한 살 아이는 어느덧 같은 나이의 아들을 둔 엄마가 되었다. 30년째 적당한 때만 노리는 중이다.

삼촌 가족들과 작별 인사를 나누고 안내해 주는 아저씨와 함께 비행기에 탑승했다. 내 의자에 앉아 나의 옆자리에 앉을 사람을 기다리고 있었지만 결국 아무도 오지 않았다. 조금은 섭섭했지만 그래도 다리를 쭉 펼 수 있어 매우 좋았다.

— 1997년 1월 구일 한국행

혼자 비행기를 탄 꼬마가 귀여워 보였는지 승무원들이 과자와 음료수를 수시로 챙겨 주었다. 접시에 담긴 자태가 남다른 디저트도 주셨는데(젤라틴이 들어간 디저트. 아마도 일등석 디저트가 아니었을까) 모양만 예뻤지 어린 나의 입맛에는 맞지 않았다. 챙겨 준 정성을 생각해 억지로 디저트 접시를 비웠다. 물컹한 식감에 속이 불편했다. 이 때문일까, 지금도 젤리나 푸딩을 보면 억지로 먹은 그날의 물컹함이 떠오른다.

친절한 승무원들은 나에게 잊지 못할 재밌는 추억도 남겨 주었다. 바닷물이 누렇게 보였던 걸 보니 서해 상공에 비행기가 진입했을 즈음인가 보다. 조용히 나를 부르는 승무원. 함께 좁은 비행기 통로를 걸어간다. 커튼을 지나 도착한 곳에 나를 앉힌다. 도착할 때까지 여기에 앉아 가면 된단다. 갑자기 왜 자리를 바꿔 주는 거지? 어리둥절하다. 주변을 둘러보니 원래 내 자리와는 다르게 빈자리도 많고, 의자는 푹신하고 넓었다. 와, 이런 자리가 있었네. 갑자기 넓어진 공간에 놀랍기도 하고 좋기도 했지만, 원래 내 자리가 아니라는 생각에 엉덩이를 마냥 편하게 두지는 못했다. 과거의 나에게 다가가 알려 주고 싶다. 착한 어린이야, 괜찮아. 이런 기회 자주 없어! 제발 편하게 즐겨.

우즈베키스탄으로의 이사를 앞두고 짐 정리를 하다가 열한 살 때 다녀온 프랑스 여행 앨범을 발견했다. 열한 살 아들을 불러내 내 어린 시절 모습을 보여 줬다. 지금과는 꽤 다른 얼굴에 깔깔거리며 웃는다. 뒷장에 기행문도 있어, 읽어 볼래? 엄마는 네 나이에 혼자 비행기를 타고 프랑스를 다녀왔어. 자랑 한마디도 보탰다. 너도 용감하게 여행을 떠날 수 있고, 도전과 용기를 갖고 살아가라는 엄마의 마음을 담아서.

나도 처음에는 불안했다. 부모가 된 지금의 나는 우리 부모님처럼 아이를 혼자 보낼 수 있을까? 오만가지 일이 일어나는 요즘 시대에 어린아이 혼자 어떻게 여행을 보내나 싶었다. 하지만 친정 부모님의 말씀을 되새길 때마다 내 안에 용기가 자라났다. 비행기만 태우면 알아서 도착한다. 그렇다. 이 짧은 말씀 속에 정답이 들어 있었다. 쓸데 없는 고민을 보탤 필요가 없는 것이다. 항공사가 제공하는 '혼자 여행하는 어린이 서비스'를 이용하면 탑승구를 헷갈릴 염려도 없고, 보호자의 손에서 손으로 정확하게 인계가 가능하니 미아가 될 걱정도 없다. 비행기 안에서 혼자 무엇을 하며 긴 비행시간을 어떻게 보낼지는 부모가 걱정할 문제가 아니었다. 어린이 혼자 알아서 살아가야 하는 시간. 우리 부모님은 나에게 진정한 자율성을 키워 주셨던 것이다. 이렇게 자라 성인이 된 나는 도전적이고 호기심이 많은 사람이 되었다. 나도 내 아이를 자율적이고 독립적인 인간, 긍정과 도전의 아이콘으로 살아가는 한 인간으로 키워 내고 싶다.

추신

프랑스에서 돌아온 나는 프랑스 여행기를 적어 보기로 했다. 학교 겨울방학 과제이기도 했던 책 만들기. 책 제목은 '프랑스를 다녀와서'. 프랑스에서 찍은 사진과 기행문, 여권을 앨범에 붙여서 만들었다. 어설픈 편집 실력으로 제목도 프린트하고, 사인펜으로 꽃도 한가득 그려서 완성한 나의 첫 책.

아직도 기행문을 쓰던 그날의 기억이 생생하다. 개학을 앞두고도 방학 숙제를 마무리하지 않고 있는 내 모습을 본 엄마는 마지막 경고를 날렸다. (방학 숙제는 개학이 다가와야 하지 않나? 나만 그런가.) 엄마가 외출해서 돌아오기 전까지 기행문을 완성하라는 미션. 연필을 들고 연습장에 글씨를 썼다가 지웠다가, 술술 잘 적히다가도 이내 짜증이 나서 이불을 감고 바닥을 뒹굴며 겨우 썼던 그날의 기행문. 당장 개학이 코앞이라 완성은 해야겠고, 하기는 싫고. 세월이 지나 이렇게 펼쳐 보며 추억 여행을 하게 될 줄 그때의 나는 몰랐지. 귀가한 엄마는 기행문을 읽어 보시더니 잘 썼다는 칭찬과 함께 다음 미션을 주셨다. 컴퓨터에 타이핑하기. 단계별 미션을 충실히 수행한 나는 드디어 숙제를 완성할 수 있었다.

선생님은 반 아이들의 방학 숙제를 모아 교실 한편에 전시해 두셨다. 해외여행이 흔하지 않던 시절이라 내가 만든 〈프랑스를 다녀와서〉의 인기는 엄청났다. 반 아이들은 사진 속 낯선 나라의 모습에 꽤 놀란 표정이었다. 옆 반 친구들은 말할 것도 없고, 옆 반 선생님까지 오서서 한참 동안 내가 만든 책을 보고 가셨다. 학생뿐만 아니라 선생님도 열심히 보시는 모습에 스스로가 무척 자랑스러웠다.

달콤한 초콜릿

여긴 어디, 나는 누구?

점점 정신이 아득해진다. 눈이 부시다. 번개 같은 불빛이 깜빡일 때마다 절로 눈이 감긴다. 고개 하나 까딱할 수 없는 이 순간, 지나온 시간이 스쳐 지나간다. 번쩍이는 불빛 아래서의 시간이 길어질수록 꺾인 허리에서 느껴지는 묵직한 통증은 더 심해진다. 양쪽 무릎은 바닥에 부딪혀 깨질 것 같다. 숨도 마음대로 쉴 수가 없다. 들이마신 숨을 뱃가죽이 등에 붙도록 마지막까지 쥐어짜내야 겨우 얕은 날숨이 가능하다.

몸은 아픈데 아무 일 없는 듯 미소를 지어야 하는 바디 프로필 촬영 날이다. 카메라 렌즈에 반사되는 내 모습이 보였다. 포즈를 취하며 웃고 있지만 웃는 게 웃는 게 아니다. 물을 마시지 않은 지 스물네 시간째. 나는 한 마리 예쁜 건조 멸치가 되었다. 어쩌면 인생에 한 번뿐인 기회일 터. 최선을 다해 몸속 수분을 빼내어 근육의 선명도를 높여 주었다. 음식도 참아 냈는데 그깟 물쯤이야. 안 먹으면 그만이었다. 아예 안 된다고 생각하면 포기가 수월하다.

100일 동안 체지방 8킬로그램을 감량했다. 내 노력을 사진 속에 담으려면 촬영 당일만큼은 당분을 섭취해 텐션을 끌어올려야 했다. 촬영에 들어가기 전, 초콜릿을 감싼 비닐을 벅벅 벗겨 한입 가득 욱여넣었다. 세상에서 가장 맛없는 초콜릿이다. 한 번에 너무 많이 쑤셔 넣었는지 녹지 않은 초콜릿을 우걱우걱 씹어서 겨우 목구멍으로 내려보

냈다. 거칠게 씹어 낸 질감 덕분에 달콤함 대신 카카오의 쓴맛만 느껴졌다. 바디프로필을 준비하는 기간 내내 참고 또 참으며 한 입 맛보기를 그토록 기다렸던 초콜릿이 아니었던가. 어쩌면 나는 한동안 초콜릿을 쳐다보기도 싫을 것 같다.

촬영 전 힘든 일이 과연 초콜릿뿐일까. 운동을 하며 수많은 덤벨을 올렸다 내렸다 했지만 바디프로필 촬영 날에는 인생을 통틀어 가장 무거운 덤벨을 들어 올렸다. 3킬로그램. 촬영 전 근육 펌핑을 위해 들어 올린 덤벨의 무게를 평생 잊지 못하리라. 금식과 단수로 몸뿐만 아니라 정신도 마른 멸치처럼 바짝 말랐다. 그런 내게, 손가락으로 들어 올릴 만큼 가볍던 덤벨은 거대한 바위 같았다. 촬영장에 함께 온 트레이너가 내 팔을 잡아 주었기에 망정이지.

바디프로필은 그랬다. 헬스장에서 숨이 턱까지 차오르는 순간들을 무수히 이겨 냈다고 해서 즉, 근육통과 씨름하면서 나와의 전쟁을 치르는 것으로 끝나는 것이 아니었다. 카메라 셔터 소리가 들리는 그 순간까지도 바디프로필의 과정이었고, 성공을 위해 온전히 내가 겪어 내야 하는 나와의 싸움이었다. 수능 날이 전부인 수험생처럼 말이다.

의미 있는 싸움이었다. '몰입'. 바디프로필은 이 단어의 진정한 의미를 알게 해 주었다. 나는 대체로 진득하게 무엇인가 꾸준하게 해내기보다는, 조금만 힘들면 금세 포기해 버리기 일쑤인 사람이었다. 하지만 바디프로필을 준비하면서 몰입이 주는 진정한 재미를 알게 되었고, 세상이 달라 보이기 시작했다. 햇빛이 돋보기 렌즈에 모여 강력한 한 줄기 빛으로 색종이를 태워 버리듯, 몰입은 내가 가진 역량을 한데 모아 열정으로 바꿔 주었다. 몰입하는 순간 세상엔 나와 목표만이 남았다. 우선순위도 분명해졌다. 몰입만 하면 이루지 못할 일은 없겠다는 생각이 들었다. 포기하고 싶어질 때 더 열심히 덤벼들어 온전한 몰입의 상태에 빠지기만 하면 될 테니까.

렌즈가 담아 낸 사진 속 나를 바라본다. 내 눈빛 속에는 그날의 순간이 담겨 있다. 근육에 한껏 힘을 주면서 예쁜 척했지만 눈빛만큼은 속일 수 없다. 백 일 동안 먹고 싶고 눕고 싶은 순간을 참아 냈고, 셔터를 누르는 순간까지도 최선을 다했던 나의 모습. 바디프로필은 사진이 보여 주는 몸매의 아름다움 속에 스스로를 이겨 낸 자신감과 성취감이 담겨 있는 인생의 작품이다. 그래서 바디프로필은 아름답다. 승자의 여유. 이제는 초콜릿의 달콤함을 마음껏 느껴 본다.

다이어트 식단이
제일 쉬웠어요

공부 잘하는 애들이 꼭 하는 말, 공부가 제일 쉬웠어요. 나는 공부라는 벽을 뛰어넘어 보지 못해서인지, 그들의 말이 참 재수 없게 들린다. 왜 쉬웠는지, 어떻게 하면 쉬운 것인지 이야기를 들어 보고 싶었지만 인터뷰는 늘 "공부가 제일 쉬웠어요" 또는 "교과서만 봤어요"로 끝난다. 나도 같이 수업 듣고 같은 교과서로 공부했는데도 결과가 다른 걸 보면 분명 "공부가 제일 쉬웠어요"라고 말하는 학생에게는 남다른 비법이 있지 않을까?

　오늘은 나도 재수 없는 사람이 되어 보려 한다. 다이어트를 시작하는 사람들이 어려워하는 건 평소와 다른 식단 구성이다. 하지만 나는 다이어트 식단이 제일 쉬웠다. 다이어트 식단의 핵심을 발견했기 때문이다. 다이어트는 철학이다. 살 빼는 데 무슨 철학씩이나 운운하냐고 할지도 모르겠다. 사실 나는 라면에 밥 말아 먹고, 떡볶이 국물에 순대를 찍어 먹는 삶을 살던 사람이었다. 하지만 다이어트 세계에 발을 들인 뒤 진정한 다이어트와 마주했다. 다이어트는 일회성 이벤트가 아닌, 분명한 신념과 목적으로 진지하게 접근해야 성공할 수 있는 장기 레이스였다.

　다이어트를 시작할 때만 해도 아무 생각이 없었다. 다이어트 기간 동안 잠시 덜 먹고 더 운동하면 된다고 생각했다. 하지만 다이어트를 할수록 쉽게 볼 게 아니라는 생각이 들었다. 식단 조절과 운동이 힘들어서 어렵다는 얘기가 아니다. 진정한 다이어트는 라이프 스타일을 통째로 바꾸어 지속 가능하게 만들어야 한다는 것을 깨달았다. 제대로 된 다이어트에 발을 들이는 순간, 이전까지 방탕하게 먹어 대던 라이프 스타일로 다시는 돌아갈 수 없다. 그렇기에 다이어트에는 철학이 필요하다. 철학 없이 다이어트를 성공하는 것은 불가능하다.

다이어트 초반이던 어느 날이었다. 운동 후 지친 몸을 이끌고 식단을 준비하기 위해 먹기 싫은 채소를 다듬었다. 샐러드를 해 먹겠다고 큰마음 먹고 채소를 사 두면 냉장고에서 네쳐진 듯 누런 물이 나와서 버리기 일쑤였다. 다이어트를 쉽게 할 수는 없을까. 이렇게 식단이 힘들어서야 바디프로필을 찍을 때까지 식단을 제대로 유지할 수 있을까. 닭 가슴살 한 쪽, 어린이 주먹 크기의 고구마 하나, 채소 두 움큼. 달라져 봤자 닭 가슴살이 기름기가 없는 퍽퍽한 소고기나 돼지고기로 바뀌는 뻔한 식단이다.

먹기 싫은 채소를 어떻게 하면 즐겁게 먹을 수 있을까를 생각하다가 문득 머릿속에 한 문장이 떠올랐다. "나는 내 몸을 위해 건강한 음식을 챙겨 먹는 사람이다." 나는 나를 문장 그대로 정의해 버리기로 했다. 무엇에 홀린 듯 나에게 이 문장은 너무나 선명하게 다가왔다. 그래. 억지로 참는 것보다 내가 진짜 그런 사람이 되는 거야! 종교를 믿듯 나의 신념을 바꿔 버리니 식습관을 바꾸는 일이 수월했다. 나는 건강한 것을 챙겨 먹는 사람이기 때문에 남들과 같은 선택을 하지 않고 올바른 선택을 할 거야, 라고 생각한 것이다. 역시 나는 대단해라는 칭찬과 함께. 처음에는 힘들지만 생각을 바꾸고 태도가 익숙해지니 눈앞의 모든 과자와 아이스크림도 당 덩어리로만 보였다.

신념을 바꾸고 나를 새롭게 정의하는 과정을 거치니 가장 먼저 가공된 당(예를 들면 디저트류)을 끊게 되었다. 혈당을 올리지 않는다는 제로 칼로리의 단맛이라고 예외는 아니었다. 그제서야 신선한 채소의 생기와 색깔마다 다른 채소의 단맛이 느껴지기 시작했다. 새로운 세상이 열리는 기분이었다. 조물주는 세상에 다양한 맛의 먹을거리들을 준비해 두었으나 그동안 인간이 만들어 낸 인공적인 맛에 길

들여져 자연이 주는 다양성을 느낄 틈이 없었던 것이다. 다이어트가 재미있어지기 시작했다. 나는 알록달록 예쁜 색깔들로 다이어트 식단을 만들기 시작했다. 종류별로 색깔을 다양하게 담아냈을 뿐인데 일류 요리사가 플레이팅한 듯 훌륭한 식단이 완성되었다. 운동하고 지친 몸이지만 식단을 준비하는 순간만큼은 새로운 힘이 났다. 재료의 식감과 향을 느끼며 다듬고 조리하는 시간을 즐기기 시작했다. 나를 위한 건강한 한 끼가 만들어지는 순간이 행복했다. "나는 내 몸을 위해 건강한 음식을 챙겨 먹는 사람이다"라고 외친 다이어트 초반의 다짐처럼 나는 정말로 내 몸을 위해 건강한 음식을 즐기는 사람이 되어 있었다. 냉장고를 채소 무덤으로 만들던 내가 건강한 음식을 즐기게 되면서 스스로도 깜짝 놀란 일이 있었다. 취재 때문에 방문한 농업박람회에서 화분 속 상추와 부추를 보고 맛있겠다는 생각이 가장 먼저 드는 것이 아닌가. 나 정말로 달라졌구나. 나는 오늘도 흥얼거리며 치커리를 씻는다. 벌써 군침이 돈다.

바디프로필,
까짓것 질러 보자

아침이다. 가벼운 세안으로 잠을 깨워 본다. 레깅스 속
으로 다리를 집어넣는다. 거울 앞에 섰다. 어깨를 펴고, 등
을 곧게 세운다. 레깅스 밖으로 삐져나오는 미운 살들을
감추기 위해 가볍게 숨을 들이마시고 복부에 힘을 준다.
내 아침 루틴이다. 아침부터 긴장감 넘치게 조여 오는 레
깅스의 타이트함이 활기찬 하루를 시작하게 만든다.

아이들을 등교시키고, 어질러진 집 정리를 간단히 마치면 이제부터 본격적인 내 하루의 시작이다. 첫 번째 스케줄은 헬스장 가기. 매일 아침 헬스장에 간다. 그렇다고 해서 "운동은 나의 삶이다"라고 외칠 정도는 아니다. 고등학생 때도 체육 시간을 좋아하긴 했지만, 진정한 체력을 위한 운동은 스무 살이 되면서부터였다. 미니스커트에 뾰족구두 신고 긴 머리 찰랑거리는 대학생이 되고 싶어 운동을 시작한 건 아니었다. 그해 3월, 1학년 1학기. 아무것도 모르는 병아리 신입생은 자유로움과 낭만 가득한 대학 생활을 꿈꾸며 입학했으나, 현실은 달랐다. 과 특성상 군대 문화가 남아 있어 수시로 단체 집합을 해야 했다. 몹쓸 군대 문화와 무서운 선배들의 대학 문화는 충격이었다. 체력마저 바닥이던 내게 앉았다 일어서기, 엎드려뻗쳐가 있는 대학 생활은 정말이지 체력적으로 버티기 힘들었다.

대학생이 되어 맞이한 첫 방학. 가장 먼저 한 일은 헬스장 등록이었다. 그러니까 내 대학생 첫 방학은 배낭여행도 아르바이트도 아닌 운동으로 열렸다. 앞으로 다가올 수많은 집합 시간을 상상하며 학교 생활을 조금 더 쉽게 할 방법은 체력뿐이라고 판단했다. 1학기 마지막 기말 시험을 마치자마자 망설임 없이 헬스장으로 향했다. 다행인지 불행인지 이후로 대학 문화가 조금씩 바뀌어서 헬스로 다져진 체력을 써먹을 일은 별로 없었다.

그러는 사이 운동은 서서히 내 삶에서 멀어졌다. 시간이 흘러 임신, 출산, 육아로 불어난 몸에 움직임은 둔해지고, 골반이 틀어져 서 있기도 힘든 그때, 헬스장을 다시 찾았다. 매일 열심히 운동을 하니 통증은 줄어들었지만 나는 단지 건강하기만 한 사람이었다. 어느 날 거울을 보다가 매일 레깅스 입고 헬스장에 다니는 사람인데 왜 몸매는 똑같을까? 하는 생각이 들었다. 운동을 하고는 있었지만 몸매를 바꿀 만큼 제대로 된 운동은 아니었던 것이다. 운동 방법의 변화가 필요한 시점이었다. 바로 트레이너를 찾았다. 이전까지 개인 트레이닝 수업은 돈 아깝다고 생각한 나였다. 스마트폰만 열면 수많은 영상들이 있는데 왜 굳이 트레이너와 함께 운동을 해야 하는지, 괜히 힘만 빼는 운동으로 수업 시간만 채우는 트레이너는 아닐까라는 생각으로 개인 수업을 멀리했던 나였다. 하지만 이번에는 달랐다. 매일 헬스장을 가도 달라지지 않는 내 몸매. 내 운동 수준을 벗어나려면 전문가의 도움이 필요했다.

트레이너와 함께 운동을 하며 제법 탄탄해지는 내 모습에 자신감이 붙을 무렵, 고등학교 시절 친구의 SNS에서 사진 한 장을 발견했다. 소위 핫바디라고 부를 만한 몸매를 담은 바디프로필 사진이었다. 비키니를 입은 그녀는 군살 하나 없이 볼륨감 넘치는 몸매를 자랑했다. 고등학생 때 함께 매점에서 간식을 사 먹으며 넘치는 뱃살을 가슴으로 끌어올리고 싶다는 농담을 했던 친구였는데, 도대체 그녀에게 무슨 일이 있었던 걸까? 그녀의 SNS 속 사진에는 헬스장에서 운동하는 모습이 가득했다. 헬스로도 이런 몸매를 만들 수 있구나. 보디빌딩 선수만 멋진 몸매를 만들 수 있는 줄 알았는데, 일반인도 가능하구나 싶었다.

다음날 SNS에서 또 다른 사진 한 장을 발견했다. 유명

홈쇼핑 채널의 쇼호스트로 일하며 살림과 육아를 하는 지인이었다. 퇴근 후 바디프로필 준비를 위해 운동을 시작했다는 소식은 나에게 충격으로 다가왔다. 워킹맘도 가능한 거였구나!

슬며시 나도 바디프로필이라는 것을 해 보고 싶은 마음이 들었다. 고등학교 친구처럼 비키니를 입고 훌라당 벗은 내 몸을 드러낼 용기도 없고, 쇼호스트 지인처럼 예쁜 얼굴도 아니었지만 왠지 해 보고 싶었다. 나는 이게 왜 하고 싶을까? 며칠을 고민하며 스스로에게 물었다. SNS에 자랑하고 싶은 걸까? 그건 아니었다. 사진을 올리지 않아도 괜찮았다. 내가 원하는 것은 현재의 삶이 주는 만족감이 아닌 변화에서 오는 만족감이었다. 혼자 운동할 때 변화가 없던 상황이 마음에 들지 않아 트레이너를 찾았던 것처럼. 또 한 번의 변화가 내겐 필요했다.

하지만 아직 용기가 부족했다. 넉넉한 뱃살을 가진 내가 살은 뺄 수 있을까? 운동 전공도 아닌데 바디프로필을 위한 고강도 운동을 해낼 수 있을까? 이토록 평범한 주부가 트레이너에게 "저 바디프로필 찍어 보고 싶어요"라고 하면 "회원님 같은 분이 바디프로필에 도전하신다고요? 아직은 아니에요" 하며 비웃을지도 모른다는 생각에 멈칫거릴 수밖에 없었다.

그러나 나는 한다면 하는 사람 아닌가! 까짓것 질러 봤다. 선생님, 바디프로필 그거 어려워요?

러닝머신 위에서
케이크를 외치다

　무서웠다. 이런 감정은 처음이다. 몸과 마음을 다 바친 일이라서인가? 바디프로필 성공을 눈앞에 둔 때였다. 바디프로필 촬영을 하고 나면 나는 이제 무엇을 하면서 살지? 3개월 동안 앞만 보고 달려온 이 과제를 끝내고 나면 어떤 도전들로 내 삶을 채워야 흥미로운 인생을 살 수 있을지 걱정이 앞섰다. 번아웃과는 닮은 듯 조금 다른 느낌이었다. 다음 도전거리를 찾지 못한다면 한동안 우울감에 빠져

버릴 것이다. 하나를 완성했다면 쉬어 가도 좋으련만 나는 다음 과제를 시작해야 직성이 풀리는 사람임을 다시금 느낀다.

내 삶은 마치 출발 지점은 다르지만 동시에 트랙을 도는 이어달리기 선수와도 같았다. 블로그를 시작했고, 블로그에 익숙해지자 블로그를 유지하면서 기자에 도전했고, 기사 쓰기에 재미가 붙자 블로그와 기자를 유지하면서 바디프로필에 도전하는 나였다. 나는 행복한 육상 선수였다. 늘 재미있게 도전을 이어 갔기에 이런 감정이 낯설었고, 낯설어서 놀랐다. 바디프로필 준비가 나에게 가장 크고 강렬한 경험을 선사했기 때문일까. 혹시 강박인가. 도파민만 찾는 피곤한 인생은 되지 않아야겠다고 다짐하며 바디프로필 촬영이 끝날 때까지 다음 도전에 대한 걱정은 잠시 접어 두기로 했다.

며칠 앞으로 다가온 촬영을 위해 오늘도 러닝머신 위를 달리며 TV를 틀었다. 김영철의 〈동네 한 바퀴〉에서 예쁜 모양의 떡이 나왔다. 갑자기 떡을 배우고 싶어졌다. 떡보다 빵을 좋아하는 내가, 쌀가루도 만들 줄 모르는 사람이 떡이라니, 도대체 무슨 일인가. 식단에 탄수화물을 줄여도 너무 줄였나 보다. 못 먹으니 만들고 싶은 심보인가.

샤워기의 물줄기를 맞으며 곰곰이 생각했다. 배울지 말지, 고민이 아니었다. 떡이라는 아이템은 정했으니 구체적으로 어떤 떡을 시작할 것인지였다. 평범한 떡을 배우기는 싫었다. 디저트와 만난 나의 모든 경험을 떠올렸다. 태교를 위해 배운 플라워 버터크림케이크가 가장 먼저 생각났다. 온도에 예민해 만들기도 어렵고 버터크림 설거지가 번거롭다 보니 연습하기 싫어서 수업만 겨우 들었다. 태교가 아니라 스트레스였다. 내 인생에 케이크를 직접 만드는 일은 없을 거야, 라고 외쳤던 순간이 생생하다.

아버지 생신에 주문했던 떡케이크도 떠올렸다. 백설기 위에 앙금 꽃으로 장식한 떡케이크는 특별한 선물로 딱이었다. 케이크 박스를 열자마자 케이크 위에 가득 피어 있는 알록달록 예쁜 꽃에 온 가족이 환호했던 순간이었다. 백설기는 퍽퍽하다는 내 생각을 완전히 깨부술 만큼 백설기와 앙금 조합이 기막혔다. 식사로 배를 채웠음에도 케이크를 잔뜩 먹었다.

떡케이크, 좋은데! 한번 배워 볼까? 케이크를 만들 일은 절대 없을 거라고, 나는 손재주가 없다고 단정 짓고 내 인생 저 멀리 보내 버렸는데 다시 소환하게 될 줄이야. 실패했던 일, 넘지 못할 산에 다시 도전한다는 긴장감과 도전 욕구가 함께 밀려왔다. 철저한 나와의 싸움, 그 어렵다는 바디프로필 과정도 지나왔는데 세상에 어떤 어려운 도전도 다 성공시킬 자신감이 있었다. 세계관이 확장된다는 말의 의미를 알 것 같았고, 자신감에 차 있는 내 모습에 스스로 놀랐다.

SNS를 열었다. 형형색색의 떡케이크들을 보면서 주눅 들기보다 자신감이 생겼다. 제대로 배운다면 사진 속 떡케이크보다 더 잘 만들 수 있겠다는 자신감 말이다. 시작하기도 전에 이렇게 외치는 것을 근자감(근거 없는 자신감)이라고 할 수도 있겠지만, 강한 자신감은 한발 빨리 행동하도록 나를 이끄는 동력이었다. 잘 만들지 못하면 배움만으로도 유익한 일이요, 잘 만들면 더 큰 이익일 테니, 손해 볼 일이 없는 게임 아닌가.

가장 마음에 드는 스타일의 떡케이크를 찾고, 수강을 위해 공방에 곧바로 연락했다. 나의 강점은 결단과 실행 사이의 간격이 굉장히 좁다는 것이다. 가슴을 뛰게 하는 일이 있다면 최대한 빠르게 행동으로 옮긴다. 잠깐, 공방이 서울이랬나? 뜸을 들이고 고민하는 시간이 길어지면 가슴은 식기 마련이다.

좋아! 대구에서 서울까지 가 보는 거야.

내 이름은
소담화

숨을 크게 들이마신다. 새벽 공기가 달다. 나의 삶에 새로움을 더하는 첫 순간이다. 어둠과 빛이 공존하는 오묘한 하늘의 빛깔도, 차가운 새벽 공기도 나를 응원해 준다. 지금의 감정을 놓치고 싶지 않아 스마트폰 카메라를 열었다. 동대구역. 많은 사람들이 각자의 이야기를 품고 오가는 공간. 오늘 나는 내 인생의 새로운 이야기가 펼쳐질 문 앞에 섰다. 타는 곳 11번. 기차가 데려다줄 낯선 장소에서 나의 새로운 꿈이 시작된다.

서울역이다. 대합실로 향하는 계단을 힘차게 밟고 올라
갔다. 나는 외부의 힘에 이끌려 움직이는 에스컬레이터보
다는 내 힘으로 오를 수 있는 계단을 좋아한다. 넓은 대합
실이 나를 반긴다. 아, 서울. 고3 때 처음으로 서울역을 밟
았던 순간이 떠오른다. 음대 수시 실기시험을 보기 위해
도착한 서울역. 높은 천장이 나를 누르는 느낌 때문인지
세상 속에 나라는 존재는 참 작구나, 하고 생각했다. 하지
만 지금은 다르다. 높은 천장, 넓은 대합실이 아이스링크
처럼 느껴진다. 나는 자유롭게 춤을 추는 스케이터가 되어
세상을 누비는 기분이다. 새 출발을 앞두고 마주하는 모든
것이 새롭고, 흥미롭고, 아름답다.

나는 떡케이크를 배우기 위해 매주 기차를 타고 동대구
에서 서울역까지. 그리고 긴 나무가 늘어선 합정동 길을
따라 한참을 걸었다. 처음 걸을 땐 푸른 나뭇잎이 무성했
는데, 마지막 수업을 마치던 날에는 눈이 펑펑 쏟아졌고,

눈 위에 내 흔적을 잔뜩 남기고 돌아왔다. 대구에서 서울까지 결코 가까운 거리는 아니었지만 내가 이 길을 선택한 이유는, 다양한 분야의 배움을 경험하면서 나에게 맞는 학습 스타일을 찾았고, 그 공간이 서울에 있기 때문이었다. 시험공부도 각자에게 맞는 공부법이 있는 것처럼, 어른이 되어 새로운 영역을 배워 가는 과정 또한 나에게 맞는 방법을 찾을 때 가장 효과적으로 배울 수 있다.

나는 비용이 좀 들더라도 소수의 인원, 그 분야의 전문가를 통해 제대로 배우는 것을 중요하게 생각한다. 오래전 입욕제를 만들어 보고 싶어서 가까운 동네에서 수강한 적이 있는데, 선생님은 내가 묻는 질문에 명확한 답을 하지 못했고, 혹시라도 본인의 노하우가 새어 나갈까 말을 아꼈다. 결국 나는 비용을 이중으로 지불하면서까지 서울의 한 입욕제 교육 전문 업체에서 입욕제 제작을 다시 배웠다. 교육비와 서울을 오가는 교통비가 아깝지 않을 정도로 만족스러운 수업이었다. 역시 전문가는 달랐다. 나는 이때 깨달았다. 무엇인가를 배울 때는 제대로 된 전문가에게 배우는 것이 돈과 시간을 절약하는 방법이며, 시행착오를 줄이는 가장 좋은 선택이라는 것을. 운동을 배울 때 트레이너와 함께 운동을 시작한 것도 같은 이유에서다.

떡케이크 수업 첫날. 내 손끝에 닿는 쌀가루의 느낌, 어설픈 실력으로 앙금 꽃을 피워 내던 순간도 잊을 수 없지만, 가장 강렬한 기억은 수업이 끝난 뒤 다음 수업 때까지의 애타는 기다림이었다. 주 1회 수업. 배움에 목마른 나에게 일주일은 너무도 길었다. 하루가 너무나 천천히 흘러갔다. 아침은 더디 왔다. 하루, 이틀, 사흘. 상사병에 걸린 듯 하루하루가 숨이 막히고 답답했다. 수업에 대한 간절함. 이런 내 모습을 보며 학창 시절 공부를 이렇게 했다면 얼마나 잘했을까 하는 생각이 들었다.

두 번째 수업을 듣기 위해 동대구역에 도착했다. 일주일을 아파하며 기다리고 기다렸던 오늘이다. 상쾌한 기분, 삶에 활력이 생기는 이 순간이 너무나 행복하다. 충만한 삶, 무엇인가 할 수 있다는 감사함을 이토록 생생하게 느낀 적이 있었던가. 내 마음은 고속철보다 먼저 서울에 도착한 기분이다. 합정동 가로수길 나무들도 나에게 인사를 건넨다. 이렇게 매주 수업이 즐거울 수 있다니. 떡케이크는 나와 찰떡궁합임에 분명하다.

이렇게 잘 맞는 분야를 만난 이상 취미에 머물 순 없었다. 일정 수준 이상의 실력이 되려면 어떻게 하는 게 좋을지 고민했다. 태교로 배웠던 버터크림케이크가 떠올랐다. 흥미도 없고 연습도 하지 않아서 아무런 발전이 없던 내 모습. 이번만큼은 같은 실패를 하지 않기 위해 내가 할 수 있는 만큼의 최선을 다해 보자고 다짐했다. 남과 비교해 내 실력을 평가할 필요는 없다.

스스로의 힘으로 나날이 발전하는 게 가장 멋진 모습이라고 생각했다. 나는 매 수업 시간에 배운 앙금 꽃을 다음 수업 때까지 완벽하게 완성하는 것을 목표로 연습했다. 하루 3~5시간을 연습에 매진했다. 연습을 위해 같은 시간, 같은 장소를 정해 놓고 무조건 나를 데려다 놓았다. 시간

표에 따라 움직이는 학생들과 달리 성인은 자유롭게 시간을 사용할 수 있기에 해이해지기 쉽다(어쩌면 시간표는 성인에게 더 필요한지도 모른다). 시스템을 만들고 그 속에 나를 데려다 놓으면 나도 일부가 되어 움직이기 마련. 내 경우, 아이들 하교 전에 헬스장도 가야겠기에 앙금 꽃 연습을 마치고 운동을 하거나, 운동을 하고 연습을 해 보았다. 어떤 루틴으로 했을 때 가장 효율적인지 따져 보기 위해서였다. 주어진 시간 속에서 활용 가능한 최선의 선택은 정말로 중요한 일이다.

그리고 배우는 과정에 있는 사람은 수강료 그 이상의 무엇인가를 얻어 가야 한다. 선생님이 귀찮아 할 만큼 수시로 연습 사진을 보내어 피드백을 받으면서 실력을 향상시켰고, 실력이 쌓일수록 질문의 수준도 올라가서 그만큼 배우는 것이 많았다. 열심히 하는 학생을 반기지 않을 선생님이 있을까. 내가 하는 것 이상의 가르침을 얻을 수 있는 전문가를 만난 것은 행운이었다.

3개월 과정의 떡케이크 수업 중반 즈음부터 부동산 앱을 열어 보았다. 부동산을 살펴보게 한 용기는 SNS 속의 떡케이크에서 얻었다. "이 정도 떡케이크라면 나도 만들겠는데"라는 생각이 드는 순간 이왕 재미있게 배운 것 한번 팔아 보자는 용기가 생긴 것이다. 무식하면 용감하다고 했던가. 사업이 처음인 나에게 떡케이크를 팔아서 돈이 될지 안 될지는 중요하지 않았다. 사업 시작 전 시장 분석부터 하는 사업가들과 다르게 나는 내가 배운 기술이 시장에서 통하는지 테스트해 보고자 하는 마음이 컸다. 투자금을 회수하지 못하고 망해도 좋은 경험, 잘되면 더 좋은 경험. 무조건 이기는 게임이었다. 내 평생에 내가 가진 기술을 활용해 수익을 창출할 수 있는 기회는 자주 오는 것이 아닐 터. 나에게 창업은 흥미 있는 분야를 배우고 도전하는 일의 연장선일 뿐이었다.

　단, 창업을 결심하면서 한 가지 조건은 두었는데, 세속적인 용어로 '치고 빠져도' 돈 아깝지 않게 하자였다. 인테리어와 집기는 최소한으로 투자하여 언제 가게 문을 닫더라고 절대 돈 아깝다는 생각이 들지 않아야 했다. 수시로 부동산 앱을 드나들고 발품을 판 덕분에 내가 원하는 스타일과 저렴한 월세로 운영할 수 있는 공간을 찾아냈다.

수업 3개월 과정을 마치자마자 가게 임대계약을 했다. 계약 때 함께해 주기로 한 남편의 부재 탓에 벌벌 떨리는 마음으로 내 인생 첫 부동산 서류에 도장을 찍는 순간을 맛보았다. 혹시 불리한 계약 조건은 아닌지 체크하며 스스로 어려운 한 걸음을 뗐다. 거우 도장 하나 내 손으로 찍었을 뿐인데 무척이나 성장한 느낌이 들었다. 스스로를 칭찬하며 부농산 서류를 들고 구청으로 향했다. 사업자 등록을 하기 위해서였다. 안내에 따라 차분히 서류를 작성하고 사업자등록증을 발급 받았다. 나는 이제 어엿한 떡케이크집 사장님이 되었다.

가게 이름은 '소담화'. 3개월 전의 나라면 상상도 못 했을 모습. 떡케이크에 흥미를 갖고 배우고 싶었을 뿐인데 이렇게 가게를 오픈하게 되다니 참으로 놀랍다. 그리고 이 수많은 과정을 스스로 해낸 내 자신이 너무나 대견했다.

소담스럽게 피어난 꽃이라는 뜻의 소담화 스토리의 시작

이다.

천사를 만나다

2021년 12월 9일

떡케이크 만들기 수강을 마친 뒤 얼마 지나지 않았을 무렵, 인스타그램으로 메시지 하나가 도착했다. 세상에나, 이게 무슨 일이지? 수업을 들으며 연습했던 작품 사진들이 업로드되어 있는 나의 인스타그램을 본 손님이 연락을 주신 것이다.

손님 : 안녕하세요? 대구 앙금케이크랑 답례품 검색하다가 소담화 님 계정 알게 됐어요. 혹시 아직 판매는 하지 않으시는 건가요? 토요일이 엄마 환갑인데 앙금 플라워 케이크가 너무 예뻐서 주문 가능한지 여쭤 봅니다.

나 : 안녕하세요? 반갑습니다. 너무 소중한 문의예요. 죄송합니다만 아직 가게 오픈을 하지 않아서 주문은 어렵습니다. 귀한 날 귀한 자리에 함께하지 못해 정말 아쉽습니다. 어머니의 환갑을 진심으로 축하드리며, 오픈하면 맛있는 떡으로 인사 드리겠습니다.

손님 : 아, 아쉽네요. 다음 달 아버지 생신 때 꼭 다시 주문할게요. 너무너무 예뻐요!

나 : 정말 감사합니다. 오픈 준비를 서둘러야겠어요. 가게 오픈을 앞두고 마음이 싱숭생숭했는데 이렇게 문의 주시니 용기가 샘솟습니다.

손님 : 감사해요. 용기를 드렸다니 문의 드린 보람이 생기네요. 혹시 오픈하시는 가게 위치가 어딘지 여쭤 봐도 될까요?

사람이 살면서 천사를 한 번씩 만난다고 하던데, 바로 이런 순간이 아닐까. 나는 그저 열심히 배웠고 사진을 업로드했을 뿐인데, 대구의 수많은 앙금 플라워 케이크 가게 중에 내 사진을 보고 연락을 주셨다니. 심지어 아직 오픈하기도 전인데 말이다. 운영은 어떻게 해야 하는지, 가격은 어떻게 책정해야 하는지, 내 케이크가 팔릴지, 걱정이 많던 차에 하늘이 나에게 용기를 내라고 천사를 보내 주셨나 보다. 오픈하기도 전에 문의를 받는다는 것은 내 실력을 인정받았다는 얘기 아닌가. 자신감이 차오르는 순간이었다.

2021년 12월 21일

구청에서 사업자등록을 마친 나는 가게 홍보를 위해 네이버플레이스에 가게 정보를 등록하고, 케이크 주문을 받기 위해 카카오톡 사업자 채널 개설과 결제 시스템을 마무리했다. 개인이 하는 업무와 다르게 사업자는 행정 절차가 매우 복잡했다. 각종 인증을 하나씩 차근차근 마치고 꽤 많은 항목을 처리하느라 신경을 곤두세웠더니 몹시 지쳤다. 내 이름을 걸고 가게를 오픈하고 사장이 되는 것은 처음이라 마주하는 모든 일들이 낯설었다. 인터넷에 검색도 해 보고 지인의 조언도 구해 보았지만 결국, 해내야 하는 것은 나였다. 도망치고 싶은 순간들이 찾아왔지만 도망갈 길이 없기에 방법은 정면 돌파뿐, 이 과정을 거치지 않은 자영업자는 없었을 터. 그들을 보며 용기를 냈다. 학창시절 수학 공부가 힘들 때면 늘 떠올렸던 멘트. 선배들도 다 지나갔던 길이야. 처음 겪는 일은 정말로 그 일이 어려워서가 아니라 익숙하지 않아서 어색하고 힘들게 느껴질 뿐이다. 이 산을 넘고 나면 다음번에는 능숙하게 처리할 수 있으리라는 믿음을 가지고 주어진 미션을 하나씩 해 나갈 뿐.

나에겐 가격 책정이라는 가장 큰 산이 기다리고 있었다. '소담화' 디자인에 맞는 가격을 책정하는 것은 가장 쉬운 듯했지만 가장 어려웠다. 주변 업장의 시세도 살펴봐야

했고, 디자인별, 사이즈별로 달라지는 가격. 그리고 손님 입장에서 혹 비싸다고 느끼지는 않을지, 너무 저렴해서 내 케이크의 가치를 스스로 깎아내리는 것은 아닐지, 하는 고민을 하느라 정식 오픈은 자꾸 늦어졌다. 그러던 어느 날, 지난번 인스타그램으로 연락한 손님에게서 다시 연락이 왔다.

손님 : 소담화 님, 하루 잘 보내고 계신가요? 오픈 일이 언제인지 여쭙고 싶습니다.

나 : 행정적인 절차는 모두 마무리되어 판매는 가능하나 정식 오픈은 가격 책정 완료되면 할까 해요. 케이크는 언제 필요하세요? 만들어 드릴게요. 단, 이번 주에 가격 책정을 완료하는 게 목표라 정확한 가격 안내를 드리지 못하는 점 양해 부탁드려요.

손님 : 네, 좋아요! 완전 행운인데요. 첫 손님이 될 수 있다니.

이 손님은 정말로 천사임에 분명했다. 가격을 듣기도 전

에 미리 주문을 완료해 주셨다. 그동안 판매해 본 케이크
도 없는데 나의 어떤 점을 믿고 주문하는 걸까. 내가 소비
자였다면 정식 오픈한 뒤에 다른 손님들의 후기를 엿보고
주문했을 텐데. 그렇게 나는 나를 무한 신뢰해 주는 분을
첫 손님으로 맞이하게 되었다. 첫 주문 손님께는 꼭 직접
배달해 드리겠다는 나만의 오픈 이벤트가 있었기에 직접
배달 서비스를 제공하기로 하고 주문 접수를 마쳤다.

2022년 1월 9일

나 : 케이크 배달 왔습니다. ○○ 님 계실까요?

식당 직원 : ○○ 님 이름으로 예약하신 손님은 안 계신데요?

이게 무슨 일인가? 첫 케이크를 들고 설레는 마음으로
방문한 약속 장소에 손님이 안 계시다니. 다급히 손님의
연락처를 찾았지만 주문받는데 미숙했던 나는 비상 연락

처조차 받아 두지 않았다. 하는 수 없이 인스타그램으로 연락을 드렸고, 식당 로비 구석에서 애타는 마음으로 스마트폰만 바라봤다.

　손님 : 오늘 아니고 내일인데요?

　나 : 제가 날짜를 착각했네요. 죄송합니다. 내일 뵙겠습니다.

　하, 초보 사장의 어처구니없는 실수였다. 중간에 행사 날짜가 변경되었는데 미리 체크하지 못했고, 비상 연락처도 받아 두지 않은 채 무작정 약속 장소로 나간 것이다. 떡 케이크는 일반 케이크와 달리 행사 당일 만들어야 하기 때문에(떡 특성상 시간이 지날수록 굳는다) 나는 배달되지 못한 케이크와 함께 식당 주차장에 멍하게 서 있었다. 이걸 어쩌나. 세상에 내놓는 나의 첫 작품. 하지만 나의 잔머리는 이럴 때 실력을 발휘한다. 근처에 있는 지인에게 깜짝 선물인 척 배달 가는 것. 지인에게는 너무나 미안한 일이지만, 나에게는 최선의 방법이었다. 내 첫 작품을 살리고 가게 오픈 인사도 할 수 있는 절호(?)의 찬스.

다음 날, 나는 첫 주문 손님께 어리숙한 초보 사장이지만 믿고 맡겨 주신 것에 감사하다는 인사와 함께 첫 케이크 배달을 무사히 마쳤다. 집에 돌아오니 남편이 기다리고 있었다.

나 : (배달 실수에 힘들었지만 뿌듯한 숨을 크게 내쉬며) 아! 드디어 첫 주문을 해냈어.

남편 : 수고 많았어!

나는 안다. 남편의 짧은 대답 속에 담긴 큰 응원을. 내가 처음 케이크를 배우겠다고 서울행을 택했을 때도 아무 말 없이 나를 지지해 주던 그였다. 모든 선택의 순간을 응원해 주는 든든한 존재가 있다는 것만으로도 나는 참 복 받은 사람이다.

2022년 1월 15일

내가 운영하는 떡케이크 가게는 예약 손님이 직접 픽업하는 게 원칙이다. 나에게는 첫 손님의 기억이 둘이다. 배달해 드렸던 첫 번째 주문 손님과 처음으로 가게에 방문해 케이크를 가져간 손님. 이 날은 가게를 방문해 케이크를 가져가는 첫 손님을 기다리던 중이었다.

손님 : 제가 차가 없어서 지하철로 이동 중인데 어느 역에 내리면 가장 가깝나요?

나 : 도보로 많이 이동해야 해서 불편하실 것 같아요. 제가 역으로 갈게요.

찬바람이 매섭게 몰아치던 1월의 저녁이었다. 소중한 첫 방문 손님을 추위에 떨게 할 수 없다는 마음에 가까운 역으로 이동했다. 주차를 하고 약속 장소로 걷는 그 짧은 시간 동안 케이크 봉지를 잡은 모양 그대로 내 손이 꽁꽁 얼어붙었다. 이 날씨에 차 없이 직접 걸어왔다면 정말 힘들었을 터. 지하철역까지 배달 가기를 잘했다는 생각이 들었다. 손님은 정말 감사하다며 인사를 건넸다.

손님 : 이거 받아 주세요. 제가 첫 방문 손님이라는 소식을 듣고 오픈 선물을 준비했어요.

나 : 와, 감사합니다! 개업 선물은 제가 드려야 하는데, 선물을 받네요.

나에게 두 번째 천사가 찾아왔다. 손님은 상품에 대한 금액을 지불하고 주문한 상품을 찾아가기만 하면 되는데, 개업 선물까지 준비해 주시다니! 배달을 마치고 돌아오는 길. 차갑게 꽁꽁 언 손을 비비며 포장을 뜯었다. 세상에나, 직접 그린 그림과 손글씨로 적은 편지 한 통. 내게 주문한 케이크를 직접 유화로 그린 그림이었다. 그림 하나에 얼마나 많은 시간과 정성이 담기는 것인지 알기에, 초보 사장인 내가 감히 이런 선물을 받을 자격이 있는가 싶었다.

편지 봉투에는 물감으로 쓴 붓글씨, I can't thank you enough. 알록달록한 스티커를 떼어 내고 '두근거리는 마음으로 열어 본 편지. 열 줄에 담긴 손님의 진심에 눈물이 흘러나왔다. 가게를 오픈한 지 2년이 되는 지금까지 가게 한편에는 그 손님이 주신 편지와 그림이 놓여 있다.

그해 겨울, 나는 천사를 만났다.

동요를 사랑했던
아이

안녕하세요, 교장 선생님. 이번에 1학년 입학한 ○ ○ ○ 엄마입니다.

첫아이가 학교에 입학한 해 학기 초 어느 날이었다. 학교 행사가 끝난 뒤 혼자 계시는 교장 선생님 곁으로 다가가 용기를 내어 말을 꺼냈다. "저는 음악교육과를 졸업해 중등 교원 자격이 있습니다. 혹시 학교에서 인력이 필요하거나 도울 일이 있으면 말씀해 주세요." 내 말을 들은 교장 선생님은 한 치의 망설임 없이 대답하셨다. "점심시간을 활용해 합창부 지도가 가능하시겠습니까?" 너무나 빠른 제안에 나는 외려 살짝 당황스러웠다. 알고 보니 교장 선생님과 교감 선생님 모두 학생의 다양한 활동을 적극적으로 추진하는 분이었고, 특히 음악에 굉장한 관심을 갖고 계셨던 것. 대구 외곽의 작은 학교에서 학부모가 자원하여 학교 활동을 돕고 싶다고 하니 꽤 반가우셨나 보다.

하지만 학부모 재능 기부라는 예쁜 포장을 했을 뿐, 사실 내 욕심을 채우기 위한 행동이었다. 두 아이의 엄마로 7년을 지나는 동안 학창 시절 꿈꿔 왔던 음악 교사의 꿈은 점점 멀어져 갔다. 전업주부도 엄연히 직업이지만 20대 초반에 엄마가 된 나는 교사가 된 동기들을 만날 때마다 "나는 애만 키우네" 하며 명함 하나 없는 현실에 주눅 들기 일쑤였다. 그래서인지 아이 친구 엄마들 사이에서 자기소개를 할 때면, "저는 사범대 음악교육과를 나왔어요"라고 소개했다. 그녀들은 나보다 나이가 많았기 때문에 "결혼(육

아) 전에 ○○ 일을 했어요" 하는데 나는 전공 말고는 내세울 게 없었다. 그러니까 나는 육아만 할 줄 아는 사람이 아니라 임용고시를 준비할 만큼 능력 있는 사람임을 인정받고 싶은 마음이 더 컸다. 교장 선생님께 나를 소개한 것은 더 제대로 된 인정을 받고 싶다는 의식이 깔렸다고 봐도 무방하리라. 세속적 욕망이 촉발시킨, 사회를 향한 나의 첫걸음. 이 작은 시작이 나의 삶에 또 어떤 빛나는 구슬을 가져다줄지 이때는 몰랐다.

얼마 지나지 않아 학교에서 합창부 지도를 시작했다. 전공을 증명해 내겠다는 자존심 하나로 시작한 합창부 지도는 나의 시간과 열정을 바친 봉사 활동인 동시에 나에게는 첫 사회생활이었다. 그리고 내가 원한 건 번듯한 타이틀과 아이들 지도 경력이라는 성과물이었다. 그렇게 포부를 가득 안고 덤볐지만, 말 안 듣는 아이들, 부족한 연습 시간(점심시간 30분, 그것도 제 시각에 시작한다는 전제하에), 사비를 들여 준비하는 아이들 간식 등 (봉사란 어떤 것인지) 현실을 깨닫는 데까지 그리 오래 걸리지 않았다. 내가 왜 사서 고생을 하고 있나. 당장 나에게 득이 되는 일도 없고, 학생 모두를 품고 가느라 스트레스만 받고, 점심 약속은 언감생심, 이 일에 단단히 매인 내 상황이 못마땅했다.

나는 꾹 참고 3년 동안 학교 합창부를 이끌었다. 인정받고 싶다는 생각은 힘든 현실 앞에서 내려놓았다. 내가 행복해지려면 욕심을 버려야 했다. 내가 자청한 일인 걸 어찌하겠나. 책임은 져야지. 자존심을 내려놓고 내가 좋아하는 노래를 나누고 싶은 마음 하나로 최선을 다했다. 그 덕분인지 대구교육청 문화 예술 100인 멘토, 학부모 봉사로 교육감 표창을 받는 영광도 누렸다.

내가 쓴 곡을 무대에 올려 지휘했던 일은 가장 뿌듯한 기억이다. 내 머릿속에만 떠돌던 가사와 멜로디를 악보로 옮기고 아이들 목소리를 통해 나의 곡이 세상에 울리던 순간은 합창부를 지도하며 보낸 힘든 시간을 잊게 해 주었다. 작품 발표가 의무였던 대학생 때와 달리, 지금은 스스로 선택한 길에서 이루어 낸 멜로디였기에 더욱 의미 있었다. 더 이상 졸업장 속 몇 글자(음악교육과 하경래)에 머물러 있는 내가 아니었다. 재능 기부로 보낸 3년 동안 나는 스스로 삶을 정의해 가고 있었다.

합창부 지도를 시작하면서 동요를 찾아 듣다 보니 어린 시절 동요를 참 좋아했던 내 모습이 떠올랐다. 초등학교 시절, 매년 5월 MBC 창작동요제가 열리면 항상 악보와 카세트테이프를 구입해 귀에 박힐 때까지 듣고 부르고 외웠다. 집에서 동요 듣기에 집중하기 어려울 때면 아빠에게 차 열쇠를 빌려 차에 가서 한참을 들었다. 동요를 사랑했던 아이는 훗날 작곡을 전공하게 되었고 스스로 멜로디를 만들어 낼 줄 아는 어른이 되었다.

작은아이를 어린이집에 데려다주고 집으로 돌아오던 어느 봄날 비 오는 아침. 입술에서 흘러나오는 흥얼거림. 이거다 싶어 재빨리 스마트폰에 멜로디를 녹음하고, 아침 풍경을 눈에 담아 가사를 붙이기 시작했다.

봄이 오는 소리

— 하경래 작사·작곡

보슬보슬 빗방울이 땅 위를 적시면

보슬보슬 빗방울이 내 마음도 적시네

빗방울이 모여 모여 꽃잎이 되고

내 맘에도 웃음꽃 피어

온 세상 꽃내음 한가득

예쁜 꽃내음 한가득

톡톡톡 빗방울이 땅 위를 적시면

내 마음은 기뻐요, 봄이 오는 소리

꽃이 피어나는 봄, 지금 내리는 비를 맞고 더욱 꽃망울을 화려하게 터트릴 봄꽃들을 생각하며 가사를 썼다. 가사도 만들고 멜로디도 만들었겠다, 이참에 창작동요제에 출품해 보고 싶은 욕심이 생겼다. 까짓것 출품해서 안 되면 말고, 되면 좋고. 동요제에 작품을 제출하려면 어린이의 목소리로 음원을 만들어야 했다. 나는 큰아이 손을 붙잡고 집 근처 실용음악 학원을 찾았다.

노래 부르는 딸의 목소리를 다듬어 주는 내 모습을 가만히 지켜보던 학원 원장님께서 한마디 하신다. "혹시 노래를 가르치는 분인가요?" 이런, 전문가가 나를 알아봐 준 것이다. 들뜬 마음에 떨리는 목소리를 겨우 가다듬고 대답했다. "네, 저는 음악교육을 전공했고 지금은 초등학교에서 합창부 지도를 하고 있습니다." 합창부 지도라는 말에 원장 선생님의 눈빛이 바뀌던 그 순간을 잊을 수 없다. 아, 재능 기부로 시작한 작은 경력이 빛을 발하는 순간이구나. 나는 그날, 그 자리에서 동요 보컬 강사 계약을 하게 되었다. 어쩌다 취업 성공. 육아로 집에만 있었더라면, 힘들다고 합창부 지도를 일찍 그만뒀더라면, 동요제 출품에 도전하지 않았더라면 찾아오지 않았을 기회. 이 모든 일의 목표가 취업은 아니었지만 작은 일이라도 하나씩 도전했기에 찾아온 기회였다. 이렇게 나는 예쁜 구슬 하나를 내 삶에 하나 더 담을 수 있었다. 오늘 하는 이 일은 어떤 미래를 가져올까?

나는 이제 더 이상 전공으로 나를 소개하지 않는다. 지금 하는 일들, 내가 좋아하는 일들로 나를 소개한다. 나는 무엇인가를 하고 있으며 또한 무엇이든 용기 내어 도전하는 사람이지 하나에 머물러 있는 사람이 아니니까.

소리를 허하라

열네 살, 청소 시간, 음악실 한구석

길쭉한 가방 위에 뽀얗게 쌓인 먼지를 털어 냈다. 무엇
이 들었을까? 보물 상자를 여는 기분으로 가방 앞에 섰다.
선생님 몰래 열어 봐도 될까, 살짝 두려웠지만 이미 지퍼
는 열리고 있었다. 악기를 집어 들었다. 초등학교 음악 시
간에 배운 단소 이후로 직접 보는 국악기. 사진으로만 보

았던 대금이었다. 단소보다 서너 배는 굵은 대나무에 내 팔보다 더 긴 이 악기로 연주가 가능할까. 당황스러웠던 대금과의 첫 만남이다. 자주 보기 힘든 악기인 만큼 음악 시간에 꺼내서 보여 주셨으면 좋았으련만 수업 시간에는 한 번도 보여 주지 않으셨던 선생님. 먼지가 쌓인 걸로 보아 선생님도 한동안 꺼내지 않은 듯하다. 한번 불어 볼까? 학교 기악부에서 플루트를 연주했던 터라 부는 악기는 자신 있었다. 취구에 입술을 조심스럽게 올려 보았다. 하지만 쌕쌕거리는 바람 소리만 날 뿐. 악기를 요리조리 돌려 가며 제아무리 숨을 불어넣어 보아도 소리는 나지 않았다. 조용히 악기를 가방에 집어넣었다. 어려운 녀석이군. 대금과의 첫 만남은 시시하게 끝났다.

서른다섯 살, 대금 연주에 빠지다

가게에서 유튜브를 보며 케이크를 만들던 날이었다. 첼로 전공 유튜버가 다른 전공 게스트를 초대해 연주도 듣고

듀엣도 하는 영상을 보고 있었다. 이번 게스트는 서울대 출신 대금 연주자. 청아한 듯 구슬픈 소리, 얇은 갈대의 막을 거쳐 나오는 특유의 떨리는 선율에 애절함이 더해지는 대금 소리. 홀린 듯 영상에 빠져들었다. 플루트도 불 수 있냐는 진행자의 질문에 대금 연주자는 플루트를 능숙하게 연주했다. 익숙하지 않은 악기로 하는 완벽한 연주. 곡을 연주하는 것보다 더욱 신기했던 것이 있었으니 플루트에서 나는 소리가 마치 대금 같았다는 것. 대금과 플루트. 중학생 시절 음악실 청소 시간에 처음 만났던 대금이 떠올랐다. 오, 나도 대금 한번 불어 볼까? 대금 소리 내는 데 실패한 첫 만남 이후로 언감생심 대금을 연주해 볼 생각은 한 번도 하지 않았는데, 그 영상 하나로 자극을 받았다. 제대로 배우면 충분히 소리를 낼 수 있겠다는 용기가 불끈 솟아올랐다. 20년간 풀지 못했던 숙제를 풀어 보기로 마음먹었다.

좋아! 대금 레슨을 받아 보자. 곧장 SNS를 열고 내가 사는 지역의 대금 레슨을 검색했다. 레슨 선생님을 선택하는 조건은 단 두 가지. 대금 전공자일 것, 내가 지정한 장소에 방문 지도 가능할 것. 전공자라면 초보에게 가르칠 충분한 자질을 가졌을 것이고, 케이크 가게를 운영하면서 레슨을 받아야 했기에 방문 레슨이 가능한 선생님을 찾았다. 운명인가. SNS에 딱 한 명의 선생님이 검색되었다. 조건에 맞는 선생님을 찾았으니 이리저리 더 알아볼 필요가 없었다 (내가 대상을 선택하는 방식이다).

안녕하세요? 인스타그램 보고 연락드립니다. 수강료가 얼마인지 궁금합니다.

떨리는 첫 수업

대금은 나를 두 번이나 당황스럽게 만들었다. 첫 번째는 열네 살 중학생 시절, 소리를 허락하지 않은 것이고, 두 번째는 레슨 첫 수업에서 벌어졌다.

레슨을 기다리며 설레는 마음에 미리 주문해 둔 악기를 조심스럽게 꺼내 보았다. 20년 전 중학교 음악실에서 처음 만난 대금은 나무였는데 지금 내 앞에 있는 건 플라스틱으로 만든 연습용 대금이다. 나무 대금은 플라스틱보다 불기 힘들고 가격이 비싸 초심자에게는 권하지 않는다는 것을 알지만, 왠지 플라스틱 대금은 악기처럼 보이지 않았다. 속상했다. 나는 나무로 된 대금으로 소리를 내고 싶어서 레슨을 받는 것인데. 나무 대금은 언제 잡게 되는 걸까. 열심히 연습해서 나무로 된 진짜 대금을 잡아 보리라.

문이 열린다. 안녕하세요? 대금 선생님입니다.
동글동글 밝게 빛나는 두 눈을 가진 선생님이다. 왠지 느낌이 좋다.

첫 수업에서는 플라스틱 대금을 조립하고 취구에 숨을 불어넣는 방법을 배웠다. 소리가 났냐고? 20년 동안 대금은 어렵다는 생각을 갖고 있던 내가 바보처럼 느껴졌다. 너무나 쉽게 소리가 났던 것. 선생님께서 플라스틱 대금으로도 이렇게 빨리 소리 내는 사람이 없다며 칭찬해 주셨다 (기분 좋으라고 하는 말이 아니었기를). 역시 나는 잘할 수 있는 사람이었어. 나무 대금도 곧 할 수 있겠는데?

나는 칭찬에 약하다. 칭찬을 들으면 더 잘하고 싶은 열정이 생긴다. 마치 어린아이 같다. 다음 레슨 때도 칭찬을 받기 위해 배운 내용을 매일 복습했다. 사진과 영상으로 SNS에 기록하고 선생님께 피드백을 받았다. 처음 앙금 꽃을 배울 때처럼. 칭찬을 원동력 삼고, SNS에 연습 과정을 기록으로 남기며, 매일 될 때까지 반복해서 연습하는 것. 소리조차 낼 수 없던 악기에서 소리가 나고, 내가 연주해 보고 싶었던 곡을 한 마디, 한 마디 완성시켜 가는 시간. 스스로 성취하는 재미를 알게 되면, 또 다른 도전이 쉬워진다.

나무 대금을 향한 나의 연주는 매일 계속되었다.

나무 대금은
백만 원

경래 님, 나무 대금 하셔도 되겠어요!

대금을 시작한 지 3개월 만이다. 선생님 입술에서 이 말이 나오기를 얼마나 기다렸던가. 플라스틱 대금으로 잘 연주하면 바꾸자고 하실까 싶어 매주 열심히 연습했다. 하지만 감감무소식. 이 정도면 제법 연주를 잘한다고 생각했는데 레슨 때마다 아무 말씀이 없으셔서 살짝 시무룩하던 차에 들려온 반가운 소식이었다.

어머, 대금 시작한 지 3개월인데 벌써요? 제가 나무 대금을 할 실력이 되나요? 잘 연주할 수 있겠죠? 마음은 날아갈 듯 기뻤으나, 너무 좋은 티를 내면 가벼워 보일까 봐 필요 없는 겸손을 떨어 보았다(얼굴에 피어난 미소는 감출 수 없었지만).

혹시 나무 대금 가격은 어떻게 되나요?

플라스틱 대금은 5만 원. 나무가 비싸면 얼마나 비쌀까 하고 물었다가 가격을 듣고는 너무 놀라, 가짜 겸손 따위 필요 없이 손이 저절로 모아졌다. 나무 대금은 최하 백만 원. 중학생 때 학교에서 배웠던 플루트도 입문자용 악기가 50만 원이었는데, 고작 대나무로 만들어진 악기가 백만 원이라니 미처 상상하지 못했던 가격이다. 내가 얼마나 더 배울지 모르는 취미를 위해 백만 원을 투자해야 하는 것인지 망설여졌다. 백만 원이면 내가 운영하는 케이크 가게 두 달치 월세였다.

어쩌겠어 하고 싶은걸, 다른 스포츠였다면 장비 가격이

이것보다 더 비쌌을 텐데. 재빠르게 생각 정리를 마쳤다. 마치 이 정도 악기 가격은 생각했었다는 듯 태연하게(나도 음악 전공이니 대충 얼마인지 예상했다는 눈빛으로) 답했다. 악기 주문해 주세요. 솔직히 말하자면 무슨 자존심인지 모르겠지만, "취미로 하기에는 비싸네요. 얼마나 배울지도 모르는데"라고 말할 수 없었다. 나는 내 취미에 이 정도 투자할 수 있는 사람이라는 것을 자랑하고 싶었나 보다. 내가 미워지는 순간이었다. 허세를 위해 명품을 사는 사람을 욕했는데 나도 그들과 다를 바 없는 사람이었다. 나무 대금이 사치품이 되지 않으려면 어디 내놓아도 대금 좀 부는 사람이라는 말을 들을 수 있는 수준이 돼야겠다고 다짐했다.

하나씩 불어 볼까요?

다음 레슨 시간, 선생님께서 멀고 먼 지역까지 가서 공수해 온 악기 몇 개를 보여 주셨다. 같은 이름인 대금이지만 자연의 재료로 만들어진 대금은 굵기나 소리의 빛깔이 저마다 달랐다. 나에게 딱 맞는 악기를 찾기 위해 하나씩 불어 보는 순간은 마치 해리포터가 마법 지팡이를 구매하기 위해 방문한 상점 장면 같았다. 하나씩 입술을 대어 본다. 손가락으로 구멍을 막아 본다. 어떤 것은 소리가 좋았지만 손에 맞지 않고, 어떤 것은 손에 잘 잡히는 데 반해 소리 내기가 까다로웠다. 과연 이 중에 나에게 맞는 악기가 있을까? 백만 원짜리 대금을 고르는 순간은 떨리고 또 떨렸다. 어쩌면 평생 쓸 대금을 고르는 엄청난 선택의 순간이다. 가장 걱정되는 것은 바로 손이었다. 남자들이 주로 연주했던 역사를 가진 나무 대금은 플라스틱 대금과는 달리 구멍 사이의 간격이 넓었다. 손이 작은 나는 불리할 수밖에 없었다. 과연 손가락으로 구멍을 잘 막을 수 있으려나 떨리는 마음으로 대금을 골랐다.

가장 먼저 대나무의 마디가 굵직하게 도드라져 보이는 대금을 잡았다. 대금은 선비의 기개를 드러내야 한다는 나만의 편견이 있었기에 여리여리한 느낌의 나무보다는 다소 거친 외관에 먼저 눈이 갔다. 대금을 들어 올렸다. 대금의 묵직함이 손바닥을 타고 어깨까지 전해졌다. 취구에 조심스럽게 입술을 대어 본다. 입김을 살며시 불어넣었다. 대나무의 빈 공간을 입김이 지나가며 따스한 소리를 만들어냈다. 대금의 무게만큼 무게감 있는 따스한 음색이 무척 마음에 들었다. 인자한 선비의 얼굴이 떠오르는 듯했다. 손가락으로 하나하나 구멍을 막아 본다. 아뿔사! 생각보다 굵은 대나무의 지름 덕분에 나의 짧은 손가락이 구멍에 닿기 위해 대금 위에서 파닥거린다. 아쉽게도 처음 고른 대금은 내 손에 맞지 않아 포기해야 했다.

　두 번째로 본 대금은 대나무의 굵은 마디보다는 매끈한 외관이 눈에 먼저 들어왔다. 채도 높은 갈색에 겉면 광택이 도드라져 보이는 대금이었다. 취구에 조심스럽게 입술을 대어 본다. 이번에는 어떤 소리가 날까? 같은 대금이지만 악기마다 조금씩 다른 음색 때문에 기대를 갖고 소리를 내어 보았다. 날렵하면서도 날카롭지 않고, 청아하면서도 가볍지 않은 소리가 꽤 마음에 들었다. 마치 플루트가 연상되는 소리였다. 내 이미지에 딱 어울리는 소리처럼 느껴졌다. 조심스럽게 손가락으로 구멍을 막아 보았다. 또 파닥거리면 어쩌지. 초등학생도 연주가 가능한 나무 대금이라고 하는데 혹시라도 내 짧은 손가락 때문에 나무 대금을 불지 못하는 것은 아닐지 걱정이 앞섰다. 다행히 구멍에 손가락이 닿기는 했다. 자연스럽지는 않았지만.

그래, 너다! 우리 앞으로 잘해 보자. 까짓것, 안 되면 되게 해야지.

내 생애 첫 나무 대금. 설렘을 담아 연주를 시작했다. 내가 선비인 듯 한껏 폼을 잡고 대금 소리를 내어 본다. 아뿔사! 소리가 나지 않는다. 대금을 고르면서 고정된 상태에서 잡아 보았을 때와는 다르게, 연주를 위해 손가락을 움직이니 내 짧은 손가락은 구멍을 완벽하게 막을 수 없었다. 무리해서 구입한 나무 대금인데 이 상황을 어쩌하면 좋단 말인가. 이대로 돌아서야 하는 걸까. 손가락이 원망스러웠다. 나무 대금은 가격만큼이나 무거웠다. 고3, 입시 피아노 시험을 준비하던 때가 생각났다. 남들보다 유독 작은 손 때문에 곡에 담긴 옥타브도 겨우 연주했던 나였다.

손가락을 이리 벌리고 저리 벌리고, 물갈퀴처럼 손가락 사이를 가로막는 손의 근육을 없애 버리고 싶은 생각이 들었던 기억. 서른다섯의 나도 똑같은 생각을 하고 있었다.

아, 또 손가락 벌리기를 해야 하네. 한숨이 절로 나왔다. 하지만 이미 시작했으니 어쩔 수 없다. 손가락 스트레칭을 하면 좋아질 수 있다는 선생님 말을 믿어 보기로 하고 틈날 때마다 손가락 스트레칭을 했다. 나무 대금을 잡으며 손을 편하게 가져갈 수 있는 연습도 하면서. 하지만 이 과정은 결코 쉽지 않았다. 아무리 연습해도 좌절만 하게 되는 대금 연습 시간. 고작 5분을 연습했을 뿐인데 손가락, 팔, 머리 안 아픈 곳이 없었다. 결국에는 손가락 때문에 레슨 진도를 나갈 수 없는 상황에 이르렀다. 선생님은 연습하면 괜찮아진다고 했지만. 무작정 레슨만 받으면서 시간과 돈을 낭비할 수 없는 노릇. 나는 선택을 해야 했다. 대금을 계속할 것이냐, 관둘 것이냐.

나는 나에게 한 달이라는 시간을 주기로 했다. 지금 상황에서 내가 할 수 있는 일은 이 악물고 딱 한 달만 연습해 보는 것. 그리고 한 달 뒤, 나는 엄청난 변화를 맞이했다. 대금 연주회를 위해 곡을 고르게 되었다는 것. 역시 사람은 간절해야 변하나 보다.

나는 한복을 곱게 차려입었다. 깔끔한 원피스도 좋지만 역시 우리 악기에는 한복이 제격. 오늘은 대금 연주회가 있는 날이다. 대금을 취미로 하는 사람들이 레슨을 받으며 키운 실력을 무대에서 선보이는 특별한 시간. 대금을 시작할 때만 해도 무대는 생각지도 못했던 일. 그저 대금이라는 것을 한번 불어 보고 싶어서 시작했을 따름인데 8개월 만에 다른 사람 앞에서 연주하는 순간이 오다니 감격스러웠다.

연주할 곡은 내 대금 소리와 가장 잘 어울리면서, 내가 편하게 소리를 낼 수 있는 곡을 고르는 데 초점을 맞췄다. 나는 저음보다는 고음에서 더욱 맑고 깨끗한 소리를 잘 내고, 호흡도 편안했다. 선생님 앞에서 그동안 연주했던 곡을 하나씩 불어 보았다. 어머, 이 곡 딱이네요! 경래 님, 대금 소리가 곡과 찰떡인걸요. 영화 〈알라딘〉의 OST 〈A whole new world〉로 확정. 연주회까지 집중 연습에 들어갔다. 한 마디씩 따로, 점음표를 붙여서, 스타카토로 끊어서. 연습에 가장 효과적인 이 방법은 내가 피아노 연습을 할 때 주로 사용하는 방법이었는데, 대금 또한 이 연습 방법이 통했는지 곡의 완성도는 점점 높아졌다.

대금 선생님과 제자들이 함께 연주하는 '클래스 콘서트'가 열린 곳은 대구 수성구에 있는 루프탑 카페 '달콤한 피아노'. 카페를 대여하고 지인들을 초대해 연주회를 열었다. 나는 가족이 앞에 있으면 떨려서 연주를 못 할 것 같아 초대하지 않았다. 막상 연주 당일이 되니 초대할 걸 그랬나 하는 마음이 들었다. 집에서도 수없이 들었을 나의 연주이지만, 새로운 악기에 도전하고 손가락이 짚이지 않는 좌절을 극복하기 위해 노력하는 등, 연주회에 오르기까지의 전 과정을 하나의 완성된 작품으로 가족에게 보여 주고 싶었다.

내 차례가 되었다.

A whole new world.

대금의 선율이 온 카페에 울린다. 8개월, 나의 노력이 세상에 울려 퍼진다.

코치님, 기상!

코치님, 기상! 기상! 벌써 네 번째다. 어쩐지 복도가 조
용하다 싶었다. 내 레슨 시간은 이른 아침이라 코치님은
종종 꿈나라 여행 중이시다(코치님은 테니스 연습장에서 숙
식을 한다). 연습실로 향하는 복도에 음악이 들리지 않는
날은 코치님을 깨울 마음의 준비를 하는데 오늘이 바로 그
날이다. 코치님을 깨울 때면, 이건 집안 대대로 내려오는
내력인가 싶었다. 내 외할머니는 집 앞 상가에 있는 작은

교회에 매일 새벽 예배를 드리러 가셨는데, 종종 닫힌 교회 문을 두드리며 "목사님, 일어나세요!" 하는 기상나팔로 목사님을 깨워 새벽 예배를 드리곤 하셨다.

처음 코치님의 자는 모습을 보았던 날은 기분이 상당히 불쾌했다. "영업하는 분이 준비성 없이 뭐 하는 거지?"라는 생각이 들었다. 레슨비를 환불 받고 그만둘 수도 있었지만 새벽마다 교회 문을 두드렸던 외할머니가 떠올라 그럴 수도 있지 하며 꾹 참았다. 두 번째 기상나팔을 불 때 느낌이 왔다. 한두 번으로 끝날 것 같지 않은데, 이 연습장을 계속 이용할 거라면 내가 적응해야겠다. 피곤하면 못 일어날 수도 있지, 사람이 하는 일인데. 떡케이크를 만들던 나도 잦은 새벽 출근에 아침까지 푹 자는 일을 얼마나 그리워했던 가. 이른 아침부터 테니스 레슨을 받겠다고 찾아오는 수강생을 말릴 수 없는 코치님의 처지가 이해되기 시작했다.

테니스 레슨이 한창이던 때, 그러니까 세 번째 기상나팔을 불던 날이다. 이때부터는 이해도 필요 없었다. 내 테니스 실력이 무럭무럭 자라고 있었기에 늦잠은 문제도 아니었던 것. 늦게 시작한 만큼 수업 시간을 연장해 주셨고, 나는 수업 시간 연장을 고려해 레슨 이후 일정을 비워 두는 대비책을 세우고 레슨을 받으러 갔다. 어른이 되어 가는 걸까. 원칙을 중요하게 생각하는 내 성격으로는 절대 용납할 수 없는 일이었다. 그러나 중요한 건 좋은 선생님 아래에서 테니스를 잘 배우는 거였다. 굳이 얼굴을 붉히고 살아야 할 이유는 없었다. 뭣이 중헌디.

테니스는 내 인생에 갑자기 등장했다. 나는 테니스 경기를 찾아 보지도 않을뿐더러 테니스 경기 규칙은 하나도 몰랐다. 어쩌면 살기 위해 시작한 테니스. 케이크 가게를 오픈하고 처음 맞이하는 성수기인 5월을 보낸 나에게 지독한 우울함이 찾아왔다. 불태워 본 자만이 느낀다는 번아웃. 주문이 많은 것은 정말 감사한 일이지만 초보 사장이 처음 경험한 감사의 달은 가혹했다. 숨만 쉴 수 있으면 좋겠다는 생각이 들 정도로 바빴던 시간 뒤에 찾아온 것은 여유가 아니라 공허함이었다. 마치 자전거 페달을 힘껏 밟으면서 신나게 돌리던 바퀴가, 페달을 밟지 않아도 알아서 돌아갈 때의 발의 여유로움(?)이랄까. 나는 여유를 즐기지 못하고 일상으로 돌아오는 데 상당한 어려움을 겪었다. 케이크 가게의 두 번째 5월은 같은 상황을 반복하지 말아야 했다. 그래서 여유로움을 받아들일 준비를 서서히 했다.

내가 선택한 방법은 테니스. 제자리에서 하는 헬스 외에 뛰어다니면서 조금 더 동적인 운동이 하고 싶던 차였다. 내가 아는 운동은 골프. 축구, 야구, 탁구, 배드민턴, 테니스. 골프는 칠 줄 알고, 축구, 야구, 탁구에는 흥미가 없고, 배드민턴은 초등학생도 하는 흔한 운동처럼 보였다. 남은 건 테니스. 하지만 내가 아는 테니스는 네 가지가 전부였다. 하나, 조이스틱으로 게임 하던 시절 게임 속에서 만난 테니스. 둘, 예쁜 선수로 유명한 샤라포바. 셋, 예의를 중시하는 규칙을 가진 귀족 스포츠. 넷, '테니스엘보'라는 병명.

테니스 규칙 모른다고 테니스를 치지 말라는 법은 없지.

나는 공 그 자체를 다루어 보고 싶었다. 공을 따라 움직이는 몸의 움직임을 상상했다. 요란스럽게 움직이는 배드민턴보다 기품 있게 느껴지는 테니스. 묵직하게 맞아 들어가는 공의 소리도 매력적으로 들린다. 좋았어, 나는 바로 검색을 시작했다. 조건은 단 두 가지. 거리와 개인 레슨 여부. 연습 시간 확보를 위해서는 집과 가게에서 가까워야 했고, 제대로 배우려면 개인 레슨이 필요했다. 집에서 가장 가까운 테니스장이 어디에 있을까. 며칠 전 은행 가던 길에 세워진 간판이 생각났다. "아이들 어릴 때 자주 가던 키즈카페 자리가 테니스 연습장으로 바뀌었네?" 하고 지나쳤던 기억.

안녕하세요? 주 1회 1:1 레슨이 가능한 시각 부탁드립니다.

나는 문의 당일 바로 레슨을 등록했고, 다음날부터 수업을 시작했다. 수업료를 제외하고 투자 비용은 0원. 공 자체를 다루고 싶었던 내게 예쁜 테니스복과 좋은 라켓은 필요 없었다. SNS에 보이는 예쁜 테니스복 인증샷은 고려 대상이 아니었다. 추리닝 바지에 신던 운동화를 신고 연습장 라켓으로 테니스를 시작했다. 장비보다 실력이 먼저지. 뭣이 중헌디.

나도 한때 뭣이 중헌지도 모르고 덜컥 장비를 사들인 적이 있다. 오래전 승마를 배울 때였다. 고작 한 달 된 초보여서 추리닝 바지에 운동화 신고 말과 친해져도 충분했을 터인데 승마장 직원의 상술에 넘어가 바지와 부츠를 구입했다. 선택권 하나 없는 단 한 벌의 옷과 부츠(다시 돌아보면 재고 처리 목적이었는데 그땐 왜 그걸 몰랐을까). 구매하지 않으면 미안한 상황을 만드는 언술에 스스로가 단단하지 못했던 그때의 나. 내 주장 한번 말하지도 못한 채 수십만 원을 주고 승마용품을 들였다. 혼자 하는 운동과는 사뭇 다른 승마의 특징을 이해하지 못한 선택이었다. 말과의 교감이 필수인 승마. 나는 말과의 교감이 힘들어 일찌감치 수업을 포기했다. 서랍을 열면 보이는 애물단지 바지와 부츠를 볼 때마다 본질이 무엇인가를 되새기게 된다. 비싼 인생 수업료 덕분에 지금은 최소의 비용으로 최대의 효과를 누리며 살고 있다만.

테니스는 처음 접하는 운동이라 주 1회로 가볍게 배워 볼 생각이었는데 첫 수업을 마치자마자 주 2회로 변경했다. 초반에 제대로 바짝 배워야 실력이 늘 것 같은 직감이랄까. 수업 시간마다 오감의 창을 열고 머리 위에 레이더를 쫙 펼쳤다. 촉수를 내민 말미잘처럼 내가 가진 모든 감각기관으로 수업을 흡수시킨다는 상상을 하면 놀랍게도 그 내용이 세포에 스며드는 기분이 들기 때문이다. 수업을 마친 뒤에는 혼자 30분간 연습. 수업 때 배운 것을 복습하면서 미세한 움직임에 따른 변화를 하나씩 분석해 보는 시간을 이어 갔다.

테니스 시작 3개월 차. 어느 날, 우연히 유튜브에서 여자 연예인들이 테니스를 치는 프로그램을 보게 되었다. 개나리부, 국화부 이름을 붙여 가며 경기하는 모습이었다. 이때만 해도 꽃 이름이 무엇을 뜻하는지 몰랐다. 궁금해서 찾아보니 대회 입상에 따라 개인의 경력을 인정해 주는 시스템이었다. 어라? 테니스 선수가 아닌 연예인도 입상을 하는데…. 코치님께 달려갔다. 저도 국화부 할래요. 이후로 레슨 때마다 내가 힘들어서 쉬려고 할 때면 코치님은 "경래 씨, 국화부 가야지" 하며 응원을 보냈다. 나 역시 "난 미래의 국화부다"라는 말을 대뇌이며 숨을 골랐다.

8개월쯤 되면서 새로운 어려움을 발견했다. 뜻밖에도 테니스가 정적인 운동이라는 사실이었다. 뛰어가서 잽싸게 라켓으로 공을 걷어 내면 되는 것 같지만, 공이 떨어지는 곳으로 잽싸게 몸을 보낸 뒤에는 멈춰 서 천천히 여유를 가지고 라켓에 힘을 빼고 멀리 보내는 느낌으로 공을 쳐내야 했다. 단순히 툭 치고 달려가는 동적인 운동이 아니었다. 다급한 마음에 공을 세게 치려고 하면 공중 어딘가로 공은 튀어 버린다. 테니스는 골프처럼 공 하나하나에 정성을 담되, 여유 있게 공을 보내는 운동이었던 것이다. 골프와 다른 점이라면 정지된 공이냐 날아오는 공이냐의 차이. 무엇이든 빨리빨리 처리하려는 성격 급한 나에게는 요가나 수련이 명상이 아니라 테니스공을 여유롭게 치

는 것 자체가 명상이었다. 동적인 운동을 찾아 시작한 테니스의 배신. 하지만 나는 이미 테니스에 재미를 느껴 버렸다. 공이 날아와 라켓에 닿으려는 그 순간이 슬로우 모션으로 보이고, 나와 공만이 한 공간에 존재하는 고요함을 알아 버렸다. 다른 이와 경기를 하며 느끼는 경쟁의 짜릿함도 좋지만 공과 나만 있다는 색다른 기분을 느껴 보는 것도 나쁘지 않았다.

나는 여전히 공을 대하는 나의 움직임에만 관심이 있다. 테니스 경기도 관심 없고, 테니스 규칙도 모르며, 예쁜 옷과 값비싼 장비는 남의 얘기다. 공의 움직임을 즐기는 나만의 명상 시간. 테니스 동호회 활동이나 경기보다 나는 공을 선택했다.

하지만 이런 나에게 놀랍게도 라켓이 생겼다. 우즈베키스탄으로 이사를 앞두고 조사해 보니, 우즈베키스탄은 스포츠 용품이 비싸단다. 라켓 대여를 할 수 있을지 없을지 모르는 상황. 예외도 있는 '뭣이 중헌디'. 남의 나라까지 가서 비싸게 주고 살 수는 없으니 코치님의 추천을 받아 가성비 좋은 십만 원대 라켓을 구입했다. 사은품으로 함께 받은 액세서리. 태양 모양의 엘보 링이 나를 보며 웃고 있다. 왠지 느낌이 좋다.

2부

오늘은 우즈벡

우즈베키스탄에
헬스장이 있을까

와, 신난다!

2023년 10월 19일은 잊을 수 없는 날이다. 의미 있는 순간치고는 건강검진을 위해 금식하고 병원 옷을 입은 내 모습이 우스꽝스럽지만. 남편에게 받은 메시지 덕분에 미소를 감출 수 없었다.

우즈베키스탄 발령, 확정되었습니다.

이 한 줄을 얼마나 기다렸던가. 짧게는 우즈베키스탄 파견 모집 공고가 떴을 때부터 한 달 반, 길게는 남편 회사 동료들이 하나둘 해외 파견을 떠나던 7년 전부터 시작된 기다림이었다. "저랑 친하면 다 해외 가요"라고 말할 정도로 나와 가깝게 지냈던 지인들은 대부분 해외 파견을 떠났다. 그들이 내 곁을 떠날 때마다 나도 해외를 가 보고 싶은 마음에 남편에게 빙빙 둘러 말도 해 보고, 우리는 해외를 갈 수 없냐고 묻기도 했다. 오죽하면 케이크 가게를 계약하던 날, 혹시 모를 남편의 해외 발령을 염두에 두고 주인을 설득해 1년으로 계약 기간을 바꿨다.

나는 참 이기적인 사람이다. 해외 파견으로 얻는 가장 큰 혜택인 남편의 경력, 아이들 영어 교육도 무시할 수 없지만, 나는 늘 다른 나라에서 살아 보고 싶었다. 호기심 부자인 나에게 새로움이란 신선한 공기 같은 존재. 비슷한 패턴으로 살아가는 한국을 떠나 매 순간이 한국과는 다를, 해외에서의 삶을 경험해 보고 싶었다. 다름에서 오는 불편함보다 "이건 뭐지?" 하며 눈빛을 반짝이게 하는 순간들은 나에게 생기를 불어넣어 줄 것만 같았다. 나의 오랜 버킷 리스트 중 하나가 세상 모든 나라의 음식을 맛보는 것이라 할 만큼 나는 새로운 것들에 관심이 많다. 그리하여 나는 나의 꿈을 이루기 위해서 남편의 해외 파견을 원하고 또 원했다.

"○○네 이번에는 두바이에 갔대." 남들은 해외 다녀온 후 한 번 더 갈 만큼 잘만 가는 해외 파견. 나의 투덜거림에 강한 부정도 강한 긍정도 아닌 남편의 미지근한 반응이 못마땅했다. 혹시 내가 알지 못하는 직장 내의 분위기가 있는 걸까. 행여 남편에게 부담이 될까 더 이상 말은 꺼내지 못한 채, 속상한 마음을 감추느라 혼자 끙끙 앓기만 했다. 그럴수록 먼저 떠난 이들을 향한 부러움은 커져만 갔다. 부러움에 취해 울적해질 날이 있을 정도였다.

그러던 어느 날, 정말 가깝게 지내던 지인 가족이 3년 동안 캐나다로 떠난다는 소식을 들었다. 나는 부러움을 티내지 않으려 애쓰며 축하의 인사를 건네고는 한마디를 덧붙였다. (나는 당신이 부럽지 않다, 나도 할 일 있는 사람이다, 라는 뉘앙스로) "떠난다니 아쉽네요. 저는 언니 기다리는 3년 동안 임용고시나 준비해야겠어요." 어머, 이건 나도 생각지 못한 말이었다. 3년이라는 기간 덕분이었을까. 긴 시간 동안 계속할 수 있는 일을 떠올렸을 때 문득 생각난 것이 임용고시였다.

무의식 속의 나는, 해외로 떠나는 지인을 보며 부러움에 힘들어 하고 싶지 않았나 보다. 부럽다는 말 대신 씩씩하게 내가 살아갈 방법을 밝혔다. 스스로에게 놀라는 순간이었다. 이 말을 내뱉는 순간 그동안 부러움에 힘들어 했던 시간이 아깝게 느껴졌다. 그들이 떠나 있는 동안 나는 한국에서 목표를 세우고 하나씩 이뤄 가는 건설적인 삶을 살면 되는 것이다. 2년 또는 3년이라는 큰 프로젝트. 그들이 돌아오기 전까지 나는 여기서 무엇이라도 꼭 이뤄 놓고 말겠다는 욕심이 생겼다. 좋아. 당신이 떠난 동안 무언가 해놓고 말겠어!

예정대로 그들은 캐나다로 떠났다. 그리고 3년 뒤 돌아왔을 때 나는 인생에 길이 남을 목표 중 하나를 달성했다 (임용고시는 아니었지만). 바디프로필. 그것도 그들이 떠난 지 1년 만에.

이후에도 다른 지인들이 떠날 때마다 부러움 대신 목표를 하나씩 추가하며 도전에 재미를 느꼈지만, 부러움과 아쉬움이라는 감정이 온전히 사라지는 데는 꽤 오랜 시간이 걸렸다. 가게를 오픈하고 케이크에 빠져 지내던 어느 날 문득, 사람은 각자 가야 할 길이 있고, 하늘이 허락하지 않는 길도 있겠다는 생각이 들었다. 운명을 받아들이는 순간이었다. 많은 이들이 해외로 떠났지만 나는 못 간다면 그것은 내 길이 아닐지도 모르니 더 이상 미련을 두지 말자. 내 앞에 주어진 삶에만 집중하자. 드디어 나는 무거운 짐을 내려놓았다. 마음이 가벼웠다. 되면 좋고 아니면 말고.

병원 옷을 입고 검진 대기실 앞에서 핸드폰을 들고 환하게 웃던 내 모습을 다시 떠올려 본다. 해외 파견. 참 오래도록 기다린 순간이다. 하늘의 계획은 참 알 수가 없다. 해외 생활은 내 인생에 없나 보다 생각하고 살아가던 때, 어떤 계기로 남편이 해외 발령에 관심을 갖게 되고, 기가 막힌 타이밍에 우즈베키스탄 파견 모집 공고가 나고, 최종 선발자가 되었다.

나는 우즈베키스탄 해외 파견 확정 소식을 듣자마자 우즈베키스탄에 헬스장이 있을까를 가장 먼저 떠올렸다. 현지 언어, 이사, 먹을 것, 아이들 적응과 교육, 운영하는 케이크 가게와 신나게 활동하던 기자를 그만두어야 하는 일도 아닌, 헬스장이 생각나다니. 나는 무엇을 하며 지낼까부터 떠올리는 내 모습이 이기적으로 느껴지기도 했다. 하지만 다시금 깨달았다. 나는 나를 중심에 두고 살아가는 사람이라는 사실을.

우즈베키스탄이라는 나라에 대해 아는 것 하나 없었지만 다 사람 사는 곳이고 먹을 것이 있는 곳 아니겠는가. 달라진 환경에 적응해야 한다면 어렵더라도 그곳에서 할 수 있는 일을 찾는 것이 먼저였다. 내가 좋아하는 일 중 가장 세계적인(?) 일이 운동. 그래서 헬스장이다. 다른 사람과 대화가 필요 없으니 언어에 대한 걱정도 없고, 평소에 하던 동작만 하면 되고, 혹시나 생길지 모르는 무료한 시간을 보내기도 딱 좋은 아이템. 아주 현명한 선택이다.

나는 곧장 SNS를 열어 정보 수집에 들어갔다. 그리고 아주 근사한 헬스장을 발견했다. 층마다 요가, 클라이밍, 헬스, 복싱 수업 등이 열리고, 야외에는 9레인 정도의 수영장이 있는 헬스장. 마치 나를 반길 준비를 한 듯한 기가 막힌 타이밍. 오픈한 지 얼마 되지 않은 곳이었다. 비행기로 일곱 시간 거리의 나라를 손바닥 안에서 구경할 수 있는 요즘 세상이라니.

미니멀리스트는 웬걸

본격적인 출국 준비를 위해 엑셀을 열었다. 모든 준비의 시작은 계획 세우기부터. 개요, 학교, 가구, 전자기기, 주방, 욕실, 미용, 의류, 약품, 도서 등 각각의 항목을 시트로 나누어 보기 좋게 만들었다. 엑셀 시트는 남편과 함께 언제든 공유하며 작성할 수 있도록 링크를 설정했다. 서로가 생각하는 준비물, 체크 사항을 한 시트에서 함께 작성하고 확인할 수 있어서 굉장히 유용했다.

가장 먼저 버릴 것과 가져갈 것을 구분했다. 나는 평소 미니멀라이프로 살아가고자 노력했기에 크게 정리할 것이 없다고 생각했는데, 해외 이사를 생각하니 조금 더 과감해져야 했다. 컨테이너로 이삿짐을 실어 보내기 때문에 덩치가 너무 큰 가구가 정리 대상 1순위. 다음으로 우즈베키스탄에서는 사용하지 않지만 한국에 돌아와서 다시 쓸 물건들은 따로 포장해 친정으로 보내고, 현지 기후에 맞지 않는 가전제품, 공간을 많이 차지하는 책, 이삿짐에 실을 수 없는 식물 등을 꺼내어 중고 장터에 팔았다.

일요일 아침을 여는 소리. 혹시, 당근이세요? 머리가 하얀 어르신 한 분이 다가온다. 요즘 나는 당근으로 불리고 있다. 중고 거래 사이트에서 중고물품을 판매 중이기 때문이다. 벌써 2주째다. 오늘은 열세 번째 거래. 오늘 당근 씨는 우쿨렐레를 들고 거래 장소에 나갔다. 큰아이 유치원 때 구매한 악기인데 중학생이 될 때까지 아까워서 짊어지고 있던 물건. 중고 시세를 알아보니 제대로 된 값을 받기도 어렵겠다 싶어 중고 거래 사이트에 무료 나눔으로 올렸더니 당근, 당근, 당근— 쉴 새 없이 스마트폰이 울렸다. 빗발치는 문의 속 가장 부드럽게 말하는 사람을 골라 거래를 진행했다. 어린이들이 많이 연주하는 악기라 젊은 아기 엄마가 나올 줄 알았는데 어르신이 등장한 것. 손자를 주시려는 걸까, 어르신의 취미일까, 궁금해졌다. 하지만 예상치 못한 인물의 등장에 놀라 "직접 연주하세요?"라고 묻지 못한 채 물건만 전달하고 집으로 돌아왔다. 중고 거래에서 굳이 용도를 물을 필요까지는 없지만, 그래도 궁금한걸.

거래를 마치자마자 다시 집안을 샅샅이 뒤진다. 중고 거래를 위한 물건 탐색의 시간. 포획 대상 1순위는 덩치가 크고 자주 사용하지 않는 물건이다. 2순위는 덩치에 관계없이 자주 사용하지 않는 물건.

정리하다 보니 내 성격이 보인다. 나는 중고 거래 사이트에 물건을 올리기 무섭게 연락을 기다린다. 조바심이 난다. 한두 시간이 지나도록 연락이 없으면 가격을 내린다. 진득하게 기다리면 통상 중고 거래 가격을 받을 수 있을 텐데, 나는 구매한 물건 가격의 일부라도 챙기고 싶은 마음보다 빨리 눈앞에서 없애 버리고 싶은 마음이 더 크다. 어제까지도 아무 생각이 없이 바라보던 물건이었는데 중고 시장에 올리는 순간, 당장 내 눈앞에서 사라졌으면 하는 마음만 가득하다. 저렴하게 구매한 물건은 예약금 정도의 가격으로 낮추거나 나눔으로 변경해서 거래를 마친다. 속이 시원하다. 제값 다 주고 신품으로 구매한 물건인데 사라져서 오히려 마음 편하다니, 무슨 경우인가. 이 물건은 없어도 되는 물건이었나 보다. 어차피 중고 가격을 많이 받지도 못할 텐데 빨리빨리 판매하고 정리하는 내 모습이 멋져 보이기까지 하다. 역시 나는 일 처리를 잘하는군. 하하하.

가져갈 물건을 준비하면서 자칭 미니멀리스트인 내게 내적 갈등이 시작되었다. 나는 옷 한 벌, 노트북 하나만 있으면 어디서든 살 수 있다고 생각했는데 가족들을 생각하니 조금은 다른 문제였다. 모든 사람이 나와 같을 순 없을 테니까. 아이들은 자기가 사용하던 물건을 가져가기를 원했고 이후에도 같은 제품으로 계속 사용하기를 원했다. 조금이라도 적응을 도와주고 싶은 부모의 마음에 아이들이 사용해 온 제품들을 구매 리스트에 집어넣었다. (사실 현지에서 벌어질 사춘기 자녀의 투정을 피하고 싶은 마음이 가장 컸다.)

혹시 내가 놓치는 준비물이 있나 싶어 SNS를 열어 우즈베키스탄 이사에 관한 글들을 정독하기 시작했다. 공기청정기와 샤워 필터는 꼭 챙겨라, 돼지고기를 먹지 않는 문화라 스팸은 팔지 않는다, 현지 참치 통조림은 맛이 없다, 육수를 낼 수 있는 재료를 꼭 챙겨라, 깨는 흙냄새가 나니 한국에서 꼭 가져와라, 속옷과 양말은 한국만큼 품질 좋은 것이 없다, 김치냉장고와 냉동고를 가져오면 한국 음식 저장해 두기 좋다 등 한국처럼 살아가기 위한 온갖 준비물들로 가득 차 있었다. 머릿속이 복잡해졌다. 꼭 한국처럼 살아야 하나? 현지 먹거리로 최대한 살아가면 되지 않나? 고추장과 김치 안 먹으면 못 사나 싶었다. 해외 생활이 처음이라 드는 철없는 생각인가.

먼저 살고 계신 분들께서 꼭 챙기라고 조언해 주시니 나도 챙기기로 마음을 먹었다. 게다가 컨테이너 이사라서 최대한 공간을 꽉 채워 가는 것이 이득. 물건을 많이 챙겨 가서 손해 볼 일은 없다. 엑셀 시트에 필요한 물품을 차곡차곡 적어 가며 구매하기 시작했다. 미니멀리스트의 맥시멀리스트 되기 체험이 따로 없다. 현지에서 구매할 수 있지만 비싸게 판매되는 공산품, 가전기기 소모품, 아이들 성장 주기에 따른 사이즈별 옷, 한국 요리에 필요한 다양한 식품류까지 방 한 칸을 비워 박스들을 차곡차곡 쌓았다. 특히 현지에서 국제택배로 받을 때 배송비가 비싼 물건을 위주로 수량을 더 많이 준비했다. 택배는 무게당 단가를 계산하기 때문에 최대한 무거운 물건은 이삿짐에 넣어 보내고 가벼운 물건은 추후 받겠다는 작전. 나름 머리 굴린 이삿짐 싸기다.

특히 어려웠던 것은 "최대한 많이 챙겨 오세요"라는 조언에 있는 '많이'의 기준이었다. 대부분 유통기한을 기준으로 6개월에서 1년 동안 사용할 수 있는 양을 준비했고, 유통기한이 가장 긴 통조림은 최대한 많이 준비했다. 무려 360캔. 약 60만 원. 참치 캔만 60만 원어치를 구입하고 나서 도대체 이게 뭐 하는 건가 싶은 생각에 한참 동안 멍했다. 내가 통조림 참치를 굉장히 좋아하기도 하지만 내륙 국가라 해산물을 접하기 어렵다는 정보 덕분이라 해 두자. 하나 불안한 건, 이 글을 쓰는 시점에서 아직 이삿짐 업체가 정해지지 않아 국가별 금지 품목이나 수량이 어떻게 되는지 파악하지 못했다. 참치 통조림 이만큼 못 들고 간다고 하면 환불해야 한다. 그나마 다행인 건 구입 시기와 관계없이 환불해 주는 대형마트에서 구입했다는 것.

짐 챙기기의 하이라이트는 화장품. 사춘기인 딸의 최고 관심 분야는 화장품이다. 기초화장, 메이크업, 클렌징에 이르기까지 한국에서 사용하던 모든 제품을 동일하게 사용하고 싶어 했기에 제품 하나하나 가격 비교를 하며 사들였다. 최소 일 년 치를. 내가 준비를 너무 일찍 한 탓일까. 이사 한 달 전, 새로운 제품을 사용해 본 딸은 이걸로 가져가겠단다. 뭐라고? 나는 이미 구매를 끝냈는데.

이사 준비를 위해 물건을 사기로 마음먹었지만, 평소 물건을 구매하고 집에 쌓아 두는 것을 싫어하는 나에게 물건을 미리 챙겨 둔다는 것은 굉장히 힘든 일이었다. 비어 있어야 하는 자리에 쌓여 가는 박스를 보면서 "준비가 잘 되어가고 있군"이라는 생각보다 빨리 이 박스가 사라졌으면 싶은 마음이 더 간절했다. 물건이 쌓일 때마다 심장이 눌리는 기분에 숨쉬기가 힘들어졌다. 나는 이사 전까지 방문을 꼭꼭 닫아 두었다.

나는 J, 계획형 인간. 그중에서도 극에 치우친 J. 나는 모든 일을 계획적으로 접근하는 편이다. 여행을 가기로 마음먹었다면 가이드처럼 방문 장소와 동선을 고려해 숙소와 식사 장소를 잡고, 각 루트별 소요 시간도 적어 둔다. 준비물이 있다면 미리 리스트를 작성해 최대한 빠른 시간 안에 여행 준비를 마치고 여행 날짜를 기다리는 편이다. 이런 성향은 우즈베키스탄 이사 준비를 하면서도 예외는 아니었다. 출국은 내년 2월, 준비는 올해 10월부터 시작되었다. 남편의 발령 확정 소식을 들은 다음 날 여권 발급을 신

청할 정도로 일을 빨리 진행시켰다. 현지 정보를 수집하고, 물건을 정리하고, 자동이체가 되어 있는 서비스 등을 체크했다. 미션이 주어지면 빨리 달성하는 시스템이 탑재된 로봇이 된 느낌이랄까. 미리 준비하는 것이 편했다. 하지만 나만 준비된다고 일이 진행되는 것은 아니지. 남편은 나와 정반대의 성격이다. 머릿속으로 충분히 고민하고 서두르지 않는다. 덕분에 나는 혼자 해결할 수 없는 문제(정확한 출국 일자, 비자, 집, 아이들 학교) 앞에서 발을 동동 굴러야 했다. 자꾸 남편을 재촉하면 남편의 기분도 상할 터. 일정한 간격을 두고 묻기를 반복했다. 가정의 평화를 위해 내 성격을 눌러야 했다. 아직 시간은 충분하다고 되뇌며 조급함을 참아 내는 시간을 가졌다. 이렇게 인내심을 배워간다.

그런데, 우즈베키스탄 이사에서 나의 계획이 무용지물 되는 일이 벌어졌다. 남편의 발령은 2월이지만 업무 시작일에 맞춰 집을 구하는 기간 설정 등, 다양한 문제로 정확한 출국일을 알 수 없는 것이었다. 출국일도 모른 채 정해

지지 않은 삶을 사는 것은 참 힘들었다. 어쩌겠나. 언제 떠나는지 알 수도 없는 문제 앞에 고민해 봤자 나만 힘들지. 나는 나를 내려놓고 남편처럼 살아 보기로 했다. 정해지면 그때 준비하지 뭐. 전혀 다른 삶의 방식으로 살아가기가 쉽지만은 않다. 어떻게든 되는 거 맞겠지?

꽂히면 한다

해외 파견은 하늘이 준비해 둔 것이 맞나 보다. 운영하는 가게 계약 기간 종료일이 출국을 준비하는 기간과 기가 막히게 맞아 떨어졌다. 12월은 가게 계약이 있는 달이었다. 10월 발령 발표 이후 준비로 조급해지는 내 마음을 아는 듯 다음 세입자가 11월에 계약을 원했다. 가게 앞과 옆에 공실이 있음에도 내가 계약한 자리에 세입자가 들어오다니. 그것도 내 월세를 아낄 수 있도록 한 달이나 일찍.

하지만 11월에는 예정된 케이크 수업 일정이 있어 고민하던 차에 수업이 수강생 개인 사정으로 취소되었다. 수입이 줄어 아쉽지만 큰 고민 없이 빠르게 가게 정리를 마무리할 수 있어 좋았다. 하느님, 땡큐.

폐업 신고를 위해 구청에 방문했다. 2년 전 사업자등록을 하던 날. 두 뺨이 찬바람에 발갛게 얼어붙어도 추운 줄 모르고 설레는 마음으로 구청을 방문했던 기억이 떠올랐다. 도전과 희망에 가득 찬 내 모습과 함께. 2년 전의 나는 아무것도 모르던 초보 사장이었는데, 지금은 제법 노하우를 터득한 능숙한 사장이 되었다. 소비자로만 지냈다면 절대 알 수 없는 자영업이라는 분야를 경험하며(전문성, 마케팅, 고객 응대 등) 새로운 세상을 알게 되었다. 인생, 레벨 업!

폐업신고서를 작성하는데 묘한 기분이 들었다. 망한 가게도 아니고 운영이 잘되는 가게. 단지 상황 때문에 폐업하는 터라 언제든 다시 시작하면 되니 별것 아닌 과정이라 생각했는데 막상 폐업신고서를 받아 드니 슬퍼졌다. 좋아하는 일을 할 수 없다는 것보다 가족들과 함께 가게를 꾸미던 소중한 추억의 공간을 더 이상 누리지 못한다는 아쉬움이었다. 초등학생 꼬마 둘이 직접 걸레를 빨아 가며 유리창을 닦아 주던 뒷모습이 아직도 눈에 선한데. 우즈베키스탄에서 돌아와 가게를 오픈하게 되면 가족들과 또 함께 꾸미지 뭐. 애써 아쉬운 마음을 달래 본다.

잠깐! 우즈베키스탄에서도 떡케이크를 만들면 되지 않을까? 타국 생활에서 보람되고 즐거운 취미가 될 수 있지 않을까?

떡케이크 재료가 될 쌀은 있는지, 쌀을 가루로 만들 방앗간은 있는지, 꽃을 만들 앙금은 있는지 열심히 검색했다. 우즈베키스탄에 잠시 살며 앙금 플라워 케이크를 판매했던 분의 기록을 살펴보니, 앙금은 직접 만들고 쌀은 인맥의 힘으로 빻았다고 한다. 아예 못 할 일은 아니구나. 재빨리 머리를 굴렸다. 앙금은 직접 만들면 되는데, 쌀 빻는 분과 친분을 쌓을 수 있을지는 미지수. 내가 원할 때 언제든 쌀을 빻을 수 있는 작은 기계를 가져가야겠다는 생각이 들었다. 기계의 이름은 미니돌로라. 가게 오픈할 때 가게에 두고 사용할까 고민했지만 창업 비용 절감을 위해 구입하지 않았던 품목이다. 2년 동안 미니돌로라 없이 영업을 할 수 있었던 건 5분 거리에 방앗간이 있었기 때문인데, 가게 문을 닫고 나서야 미니돌로라를 구매하는 아이러니라니. 그래, 거긴 해외잖아. 자유롭게 이용할 수 있는 방앗간은 없어. 살 수밖에 없는 거야. 엑셀 시트에 170만 원짜리 미니돌로라를 적어 넣었다. 돈보다 스트레스 예방에 중점을 두었다고 해 두자. 한국으로 돌아와서도 사용하면 될 것 아닌가.

창업 비용 절감으로 구입하지 않았던 품목을 폐업 후 구매한 것이 또 있다. 오븐렉. 대형 오븐을 올려 둘 수 있는 선반인데 가게에서는 주방 가장자리에 오븐을 올려 둘 수 있어 오븐렉이 필요 없었다. 하지만 우즈베키스탄으로 오븐을 가져가기로 했기에 오븐렉을 구매해야 했다. 폐업하고 물건 들이기. 뭔가 순서가 바뀐 것 같지만 어쩔 수 없다. 오븐렉 22만 원. 그동안 벌어 두었으니 쓸 때는 쓰는 걸로.

　나란 사람 어쩌나. 미니돌로라를 엑셀 시트에 적었으면 떡을 만들 생각만 하면 될 텐데, 갑자기 빵으로 만드는 버터케이크도 배우고 싶어졌다. 해외에서는 떡보다 빵이 유용할지도 모르니까. 무엇보다 대구에는 정말 유명한 케이크 선생님이 계시는데, 3년 뒤 우리 가족이 꼭 대구로 돌아온다는 보장이 없기에 그때 이분께 케이크를 배우려면 먼 거리를 오가며 배워야 할지도 모른다는 생각이 들었다. 지금 살고 있는 집에서 케이크 수업 장소까지는 20분. 이건 배우고 가야 하는 게 맞지 않나. 내가 누군가. '꽂히면 한다, 하경래' 아니겠는가. 곧장 케이크 수업을 등록했다. 이로써 나는 떡케이크와 빵케이크를 모두 만들 수 있는 능력을 획득했다. 아자!

기자증, 반납합니다

안녕하세요, 기자단 담당자입니다. 하경래 기자님, 원고
료 정산을 위한 통장 사본을 메일로 보내 주세요.

통화가 끝나지도 않았는데 내 손은 이미 노트북 전원 버
튼 위에 있었다. 무엇이 나를 이토록 급하게 만든 것일까.
당장 돈이 있어야 하는 상황도 아닌데 마음이 바빴다. 서
류 제출이 늦어진다고 원고료 정산이 안 될 리도 없건만

나는 황급히 통장 사본을 스캔했다. 담당자에게 메일을 보내고도 몇 번이나 수신 확인 버튼을 눌렀다. 단돈 5만 원이 이토록 나를 애태우다니. 메일을 보내고 나니 진이 쏙 빠졌다.

자리가 사람을 바꾼다는 말이 있다. 이전까지 나는 소소하게 개인의 일상과 맛집을 블로그에 소개하는 주부였다. 같은 주제로 글을 쓰지만 어느 날부터 이름 뒤에 호칭이 붙어 하경래 기자로 불렸다. 나는 정보를 전달하는 막중한 임무를 띤 사람으로 스스로를 정의하기 시작했다. 기자라는 자리로 내 삶의 일부를 옮겼을 뿐인데 나는 남들이 놓칠 만한 부분을 캐치해 양질의 정보를 전달하는 사람이 되어 있었다. 한 마리의 사냥개가 된 듯 다음 달 기사를 위해 코를 킁킁거리며 주제를 탐색했다. 지역의 행사와 명소, 유용한 생활 정보, 숨은 맛집이 나를 통해 알려지는 것에 묘한 짜릿함을 느꼈다.

띠링— 알람이 폰 화면에 떴다. 농협은행의 알림 문자다.

통장 거래 내역을 클릭했다. 입금 5만 원, 대구광역시. 숫자가 내 존재를 정의하는 것은 아니지만 지금 입금된 5만 원은 나를 기자로 인정한다는 방증이다. 엄마라는 호칭 아래 가려졌던 내 이름은 기자의 옷을 입으면서 세상에 불려졌다. 기자라는 자리가 주는 특별함은 나를 움직이는 동력이었으며, 나를 살아 있는 존재로 만들어 주었다. 기자 활동은 내가 무엇을 좋아하며 어떤 것에서 행복을 느끼는지 알게 해 주었다. 앞으로도 세상을 살아가는 데 큰 힘이 되어 주리라.

12월은 내가 활동하고 있는 대구광역시 블로그 기자단과 문화체육관광부의 정책기자단 등 십여 곳의 관공서 기자단들이 마무리되는 시기이자, 내년을 위한 기자단 지원서를 제출하는 시기이다. 대개 일 년 단위로 활동하는 관공서 기자단은 매년 지원자들이 지원서를 제출하고 선발되면 기자로 활동할 수 있는 자격이 주어진다. 때문에 나에게 12월은 내년의 활동과 수입이 결정되는 아주 중요한 시기다. 신경을 곤두세우고 공을 들여 보내던 여느 12월과 다르게 올해 12월은 참 여유로웠다. 대부분의 기자단 활동이 국내 취재를 중심으로 이루어지기 때문에 우즈베키스탄으로 떠나는 내가 할 수 있는 활동은 거의 없다. 활동이 어려우니 지원서를 작성할 필요도 없는 것. 안식년이라 생각하고 잠시 쉬어 간다고 마음은 먹었는데, 막상 해단식에 참석하고, 지원서 작성을 하는 사람들을 바라보니 마음이 싱숭생숭했다. 내 생활의 큰 부분을 차지했던 기자단 수입도 만만치 않았다. 혼자 이곳저곳을 다니며 사진을 찍고 글을 쓰는 활동을 나는 참 좋아했다. 원고료가 없어도 할 수 있겠다는 마음이 들 정도로.

옷매무새를 가다듬었다. 오늘은 기자단 해단식이 있는 날이다. 여러 해 해단식에 참석했지만 올해처럼 경건한 마음으로 준비한 적은 없었다. 작년까지 해단식은 다음 해에도 활동할 수 있다는 기대감이 있었기 때문에 그저 활동 인증서를 받는 작은 행사에 불과했다. 하지만 올해는 달랐다. 마치 정년퇴임식 같은 느낌이랄까. 진심을 다했던, 내가 가장 사랑했던 일. 오랜 시간 동안 기자로 활동했던 나의 존재를 내려놓는 기분이었다. 은퇴하면 매일 출퇴근 하던 길을 더 이상 갈 수 없듯, 기자 활동을 마치면 더 이상 취재를 다닐 수가 없다. 늘 하던 일을 놓을 때의 허전함.

이 허전함은 무엇 때문일까? 깊은 곳에 있는 진짜 감정이 무엇인지 알고 싶었다. 지금까지의 내 역할을 빼고 나면 나는 대체 무엇인가? 읽고 있던 책에서 한 문장을 발견했다. 이거구나. 나는 역할이라는 이름의 껍데기가 홀랑 벗겨졌을 때 나라는 사람이 어떤 사람일지 마주하는 것이 두려웠던 것이다. 우즈베키스탄으로의 출국 준비와 동시에 내가 하던 활동이 하나씩 종료될 때마다 한 겹씩 벗겨지던 껍데기들. 기자단 해단식은 나를 보호하던 마지막 껍데기가 벗겨진 순간이었다. 하지만 내가 갖고 있는 진짜 감정을 알아차리고 나니 더는 허전하거나 두렵지 않았다. 좋아하던 모든 일들을 내려놓은 나 자신을 마주했다. 그리고 나에게 질문했다. 지금 너는 누구니? 좋아하는 일들을 하고 있던 때와 아닌 지금. 너의 가치가 달라졌니?

나는 언제나 나였다. 나는 껍데기로 정의되는 사람이라 생각했는데, 좋아하는 일을 하고 있지 않는 나도 이전과 똑같은 나였다. 껍데기가 홀랑 벗겨지면 아무것도 없을 줄 알았는데, 제법 건강하게 잘 자라 있는 나를 발견했다. 기특하네, 반짝반짝 빛나는 하스타.

송편과 오란다,
그리고 김칫국

출국일이 가까워질수록 지인들이 "출국한다니 불안하겠다"라고 말을 한다. 그럼 나는 이렇게 대답한다. "미국이나 캐나다라면 들은 이야기가 많아 걱정될 수도 있는데, 우즈베키스탄에 대해서는 들은 것이 거의 없어서 오히려 걱정이 없네?" 하얀 도화지를 펼쳐 놓은 책상 앞에 앉은 기분이다. 점 하나를 찍긴 해야 하는데 어디에 찍어야 할지 모르는 난감함이랄까. 무엇을 그려야 하는지조차 모르니 아무린 생각이 없는 듯하다. 하지만 그렇다고 정말로 아무것도 준비 안 할 내가 아니지. 슬슬 시동을 걸어 본다.

떡케이크, 빵케이크를 마스터하고 나니 차오르는 자신감. 취미로라도 한국에서 하던 일을 계속하기로 했으니 시선을 좀 더 넓게 가져가 본다. 재료 수급이 쉽고 인기가 많을 아이템은 없을까. 우즈베키스탄에 K-디저트를 알리는 사람이 되고 싶어졌다. SNS를 열었다. 한국의 전통 디저트 맛이 그리운 사람들(우즈베키스탄에는 고려인과 한인들이 많이 살고 있다), 한류 문화로 한국 먹거리에 관심이 많을 현지인들, 그리고 아이들 국제학교 행사 때에도 함께 나눌 메뉴를 위해 조사를 시작했다.

우즈베키스탄을 검색하다가 우연히 현지 한인들이 이용하는 텔레그램 채팅방을 알게 되었다. 현지 뉴스, 가게 정보, 질문이 가능한 공간이었다. 하나씩 넘기다 보니 송편 판매 글이 보였다. 우리에게 익숙한 하얀 색의 반달 송편. 한국에서는 알록달록 예쁜 다양한 과일 모양 송편이

유행인데 여긴 아직이네? 그럼 과일 송편을 만들어 볼까? 이미 내 머릿속은 (한국의 유행을 재빠르게 전하는 특파원이 된) 내가 전파한 과일 송편이 우즈베키스탄에서 유행하는 상상으로 채워졌다.

　자, 상상이 끝났으면 다음 단계는 무엇일까? 상상을 현실로 이루기 위해서는 계획이 필요하다. 무엇보다 나는 과일 모양 송편을 만들 줄 몰랐기에 가장 마음에 드는 송편 모양을 찾아 수업을 등록했다. 이번에도 역시 서울이다. 멀리까지 가서 배운 송편을 우즈베키스탄에서 활용하지 못한다고 해도 귀국 후 한국에서 만들어도 되니 돈 들여 배운 걸 활용하지 못해서 생길 걱정은 없었다. 단, 송편의 단점이 있다면 송편은 떡이라 보관이 어렵고, 떡 식감에 익숙하지 못한 외국인들이 있다는 것. 그래서 이왕 서울행을 선택했으니 같은 수업 장소에서 다른 메뉴도 배워 보기로 했다. 재료 수급도 굉장히 쉽고, 만들기도 쉽고, 바삭한 과자 식감이라 누구나 좋아할 법한 오란다. 떡케이크를 만들기 위한 앙금은 무거워서 한국에서 배송 받으려니 배송비가 부담되었는데, 오란다 재료는 부피는 크지만 무게는 가벼워 배송비 걱정을 덜 수 있는 아이템. 그렇다면 안 배울 이유가 없지.

수업이 시작되었다. 첫 시간은 과일 송편 만들기. 쌀가루에 천연색소를 더해 반죽을 만들고, 달콤하고 고소한 깨소를 넣어 예쁜 과일 모양으로 송편을 빚었다. 우즈베키스탄이라는 낯선 나라에 새로운 한식 디저트를 소개할 수 있다는 긴장과 설렘을 담아 송편을 빚는 시간이다. 모락모락 김이 오르는 찜기에 송편을 올려 쪄 내고, 반질반질 참기름 옷을 입히니 정말 먹음직스러워 보였다. 두 번째 시간은 오란다 만들기. 조청을 끓여 낸다. 달큰한 냄새가 코끝에 닿을 즈음 오란다를 버무려 도넛 형태의 틀에 담아 모양을 잡았다. 잘 굳힌 오란다를 비닐에 담았다. 한국 전통 문양을 담은 스티커나 리본으로 마무리하면 낯선 땅의 사람들에게 한국을 소개하기에 참 좋은 선물이 되겠다는 생각이 들었다.

나는 이렇게 다섯 시간에 걸친 수업과 대구와 서울을 오가는 왕복 여섯 시간을 더해 총 열한 시간의 긴 여정을 마치고 K-디저트를 마스터했다.

집으로 돌아온 나는, 내가 선물한 과일 송편과 오란다를 맛본 후 한국의 맛 덕분에 행복한 시간을 보낼 우즈베키스탄에 사는 사람들의 미소를 떠올리며 송편과 오란다 제작을 위한 도구를 주문했다. 송편 모양을 잡을 막대기들, 각종 천연 가루, 오란다 모양을 잡을 틀, 다양한 오란다 맛을 내기 위한 먹거리들과 송편과 오란다를 포장할 비닐, 선물 상자와 리본까지. 감동을 주는 선물이 되려면 작은 것까지 하나하나 세심하게 챙겨야 한다. 아마 이삿짐 속 생필품 다음으로 많은 것이 내 취미 생활을 위한 도구이지 않을까 싶다. 떡케이크 가게를 정리하면서 대부분의 도구들을 집으로 그대로 가져온 터였다. 혹시나 우즈베키스탄에서 한국 문화를 알릴 기회가 주어질지도 모르는 일 아니겠는가? 한국문화원이나 한인 교회에서 재능 기부로 한국 디저트 수업을 할 수도 있겠다는 생각에 20인 이상을 대상으로 수업할 수 있는 양의 베이킹 도구와 포장 재료를 왕창 이삿짐에 넣어 둔 사람, 나야 나!

나, 이러다 우즈베키스탄에서 K-디저트 유행을 선도하게 되는 것은 아닐까? 아, 김칫국은 언제 마셔도 행복하다.

봄을 향해 가는
컨테이너

　가로수 사이로 파란색 컨테이너가 지나가는 모습이 보인다. 거우 나무 두 그루 사이를 지나는 몹시도 짧은 찰나이지만 슬로비디오처럼 천천히 눈에 담긴다. 1월의 마지막 날, 유난히 추웠던 한 주와 다르게 봄이 오려는지 바람결에 봄 내음이 묻어난다. 두 나무 사이로 내리쬐는 따스한 오후의 햇살에 낮잠이 솔솔 올 듯 몽환적인 배경 속으로 지나가는 파란색 컨테이너. 가로수의 앙상한 나뭇가지와 대비되는 파란색 컨테이너는 홀로 봄을 먼저 맞은 듯 신나는 발걸음이다. 겨울을 떠나보내고 봄을 기다리는 듯, 마음속 아쉬움과 기대의 감정이 공존하는 오늘은 우즈베키스탄으로 이삿짐을 보내는 날.

  우즈베키스탄 발령이 확정된 순간부터 차근차근 준비해 왔던 건 바로 오늘을 위해서였다. 하지만 컨테이너 문이 닫히는 순간까지 나는 단 한 순간도 긴장의 끈을 놓을 수 없었다. 너무도 철저하게 구매 리스트를 꽉 채워 물건을 사는 바람에 컨테이너의 문이 닫히느냐 마느냐 기로에 섰기 때문이다. 이삿짐 포장 직원들이 "이 집은 참 짐이 많네"라고 할까 봐 조마조마한 마음으로 귀를 크게 열었고, 사다리차에 짐을 실어 내려보내는 순간에는 직원의 입에 시선 고정. 혹시라도 "이건 더 이상 실을 수 없겠는데요"라고 말하지는 않을지 전전긍긍했다. 정작 베테랑 직원들은 아무 걱정이 없어 보이는데 나는 수시로 13층에서 1층까지 내려가 컨테이너 안의 공간을 확인하는 열정(?)을 보였다.

전전긍긍의 시작은 이랬다. 어느 나라든 사람 사는 곳이니 가볍게 준비해도 된다는 처음 마음은 없어진 지 오래. 나는 필요 물건을 예상해 하나둘 사들이기 시작했다. 입맛에 맞는 카페가 있다는 보장이 없으니 집에서 라테를 만들어 먹을 우유 거품기, 아이들이 솜사탕을 먹고 싶어 할지 모르니까 솜사탕 기계, 얼음을 좋아하는 우리 가족에게 제빙기, 쌀가루를 구하기 어려우니 쌀 빻는 기계, 맛있는 찹쌀떡이 먹고 싶을지도 모르니 찹쌀 반죽 기계, 빌트인 오븐은 온도 조절이 어려울지 모르니 사용하던 대형 오븐까지. 어쩌면 그동안 갖고 싶었던 소형 주방가전을 이때다 싶어 한 번에 싹 구매! 3년 동안 한국을 떠나 있을 것이라는 보상 심리가 작동한 것 같다.

물건을 구입하는 것이 지겨워질 정도로 소비를 이어 가던 날이었다. 가장 중요한 식료품과 아이들 책은 주문하기도 전인데, 보름 전 이사 견적을 보러 온 직원이 짐이 많은 편이라 냉장고 세 대 부피만큼 빼야 컨테이너에 모두 실을 수 있다는 말을 남기고 갔다. 자칭 미니멀리스트의 얼굴에

먹칠하는 순간이다. 아무리 내가 물건을 사 모았다지만 짐이 많은 편이라고? 맙소사. 나는 아직 사들일 물건이 남았는데?

일단 물건이 더 늘어날 것을 생각해 냉장고 다섯 대만큼의 부피를 줄여 보기로 했다. 자리를 차지하는 큰 가구 처분이 1순위. 다행히 우즈베키스탄에는 대부분 필요한 물건이 갖춰져 있는 형태(소파부터 식기류까지 풀 옵션)로 집을 대여할 수 있어서 사용하던 가구는 필요 없었지만 그동안 정이 든 물건을 떠나보내기 아쉬워 데려갈 참이었다. 한국으로 돌아왔을 때 다시 구입하는 것이 부담스럽기도 했고. 혼수로 마련한 백 년도 견딜 원목 침대 프레임, 눕기 좋은 4인용 소파, 천장까지 닿던 키 큰 책장, 첫아이 초등학교 입학 선물로 준비한 각도가 조절되는 책상, 생활 패턴에 딱 맞게 주문 제작한 폭이 2미터가 넘는 대형 테이블, 시부모님께서 선물해 주신 대형 수납장까지. 하지만 어쩌겠나. 가야 할 때가 언제인지를 분명히 알고 떠나는 이의 뒷모습은 아름답다 했던가. 중고 장터를 통해 저렴하게 물건을 정리했다. 하필 중고품 거래가 있을 때 남편이 출장 중이라 그동안 헬스장에서 갈고 닦은 근육을 짐 옮기는 데 유용하게 사용했다. 육중한 원목 침대 프레임, 4인용 소파도 번쩍 드는 내숭 없는 여자. 나야, 나.

 이사 하루 전날 방문을 열어 보니 잘 준비했다는 뿌듯함과 동시에 내가 좀 과했나 싶은 생각이 함께 들었다. 냉장고 다섯 대만큼의 짐은 줄였는데 그 이상으로 박스를 더 만든 것 같은 기분에 이 짐이 과연 20큐빗짜리 작은 컨테이너에 모두 실리느냐 걱정이 시작된 것. 좀 덜 살걸. 어쩌겠나. 실리지 않는다면 환불하거나 우편으로 보내는 수밖에.

 다행히 모든 박스를 실은 컨테이너의 문은 닫혔다. 옹골지게 꽉꽉 눌러 담아 빈틈이라고는 없는 컨테이너. 이사를 진행하는 여섯 시간 동안 긴장의 끈을 놓을 수 없었지만, 어쩌면 짐을 꽉꽉 눌러 담아 싣고 가겠다는 나의 미션이 성공적으로 끝났다고 봐도 무방하겠다.

이삿짐 담당자의 마무리 멘트가 인상적이다.

"일 년에 한 번 있을까 말까 하는 2백 박스 넘는 집을 오늘 만났네요."

이삿짐이 모두 빠진 횅한 집. 치고받고 싸우고, 웃고 울던 우리 가족의 보금자리가 낯설게 느껴진다. 냉장고가 있던 자리에는 종이비행기 하나가 덩그러니 남아 있다. 작은 아이가 신나게 종이비행기를 접어 날리다가 냉장고 뒤로 들어가 속상해 했던 그날의 종이비행기. 이삿짐이 빠진 자리 구석구석 쌓인 먼지를 걸레로 닦아 낸다. 오랜만의 손 걸레질에 무릎도 손목도 아프지만 사랑했던 내 집을 하나씩 어루만지는 기분이다.

그런데, 아무것도 없는 집, 왠지 익숙하다. 어린 두 아이를 데리고 남편과 함께 방문했던 날, 아이들은 거실 구석에서 놀고 있고 우리 부부는 집 구석구석을 돌아보며 점검했었다. 물건 하나 없이 텅 빈 집이었지만 입주를 기다리는 설렘이 가득 차 있었던 공간. 과거와 같은 장소에 있지

만, 아쉬움에 먼지를 닦아 내는 지금과는 참 많이 다르다.

청소를 마친 뒤 좌탁을 펼쳤다. 식탁이 빠진 자리에 테이블이 있어야 했기에 이사 전 중고 장터를 통해 미리 좌탁을 준비해 두었다. 매번 중고 장터에 판매만 해 보았지 내가 구매하게 될 줄이야. 좌탁 구매가 큰일은 아니지만 뛰어난 준비성이라 이름을 붙여 본다. 남편에게 칭찬받고 싶은 마음에 좌탁 있으니 편하네 하고 말을 꺼내 봤다. 돌아오는 건 단답형 대답. 어쩌겠나 서로의 언어가 다를 뿐인 것을. 결혼 생활 고수는 이런 데 기분 상하지 않는다. 이럴 땐 셀프 칭찬이 필요하지. 기특하다, 하경래. 스스로 머리를 쓰다듬는다.

하지만 준비성이 철저한 나도 실수는 하는 법. 이사 전날 밤, 물건을 더 줄이겠다며 덮지 않는 이불 한 채와 흡입력 약한 청소기를 아파트 분리수거장에 갖다 두었다. 아뿔싸, 이삿짐이 빠지고 일주일을 더 살아야 하는 집에 사람은 네 명, 이불은 달랑 두 장. 청소 도구는 현관용 빗자루

뿐. 온종일 이사하느라 피곤했는데 정신이 번쩍 드는 순간이다. 재빨리 분리수거장에 달려 나가 이불과 청소기를 다시 가져왔다. 다행히 지난밤 아무도 버린 물건에 관심을 두지 않아 집으로 되가져올 수 있었다.

뒤늦게 실수를 알아차린 일은 또 있다. 김치냉장고 일부가 고장이 나 새 김치냉장고를 구매하면서 고장 난 김치냉장고 수거를 그날 업체에 맡겨 버렸다. 바깥 날씨가 추우니 베란다를 냉장고처럼 사용하면 되겠다는 마음에 고장 난 냉장고를 바로 처리한 것인데 이사하는 날부터 날씨가 갑자기 따뜻해져 버린 것. 다른 음식은 식사 시간에 맞춰 장을 보면 되는데, 우유는 언제 누가 얼마나 먹을지 몰라 사다 두면 따뜻한 날씨에 베란다에서 상하지는 않을지 걱정되었다. 냉장고는 있어야겠네. 중고 장터 앱을 열었다. 검색어 '미니 냉장고'. 오늘도 하늘이 날 돕네. 3만 원짜리 깨끗한 미니 냉장고가 길 하나 건너면 되는 곳에 있었다. 빈집에 냉장고 돌아가는 소리가 들린다. 냉장고는 필수 가전으로 인정. 갖다 버리기 좋아하는 나, 성급한 결정이 화를 부른 꼴이다. 나름 정리의 달인이라 생각하고 자랑스럽게 살고 있었는데. 아휴, 자존심 상해.

이삿짐을 보내고 하루가 흘렀다. 텅텅 비어 있는 집도 하루가 지나니 적응 완료. 침대 대신 요 한 장, 소파 대신 놀이방 매트, 그릇 대신 도시락통, 프라이팬 하나, 냄비 하나, 머그잔 네 개. 세상에 이렇게 살아보니 정말 편하고 좋다. 필요에 의해 잠시 맥시멀리스트로 변신하긴 했지만 나는 원래 미니멀함을 추구하는 사람이다. 내가 꿈꾸던 미니멀 라이프가 바로 이런 것이구나 싶다. 침대와 소파가 없으니 공간이 넓어지고, 적은 개수의 그릇은 그때그때 씻어서 사용하니 집안일도 줄었다.

나는 단지 물건이 없는 미니멀 라이프를 동경했던 것은 아니다. 물건과 물건이 아닌 사람이 주인인 공간으로의 집을 원했다. 집은 사람이 사는 곳이지 물건이 사는 곳이 아니다. 우리는 너무나 많은 물건 틈에 끼여 살아가고 있다. 나는 공간을 참 좋아한다. 마치 미술관 같은 느낌이랄까.

하얀 벽에 그림 한 점. 다음 작품까지 걸어가는 공백의 시간처럼 집에도 숨 쉴 구멍이 있어야 한다고 생각한다. 물건으로 꽉 찬 공간에서 들려오는 물건들의 번잡스러운 소음 대신, 공간에서 느껴지는 여유, 바람이 통하는 공간에서 나는 편안함을 느낀다. 또, 필요 이상의 물건을 소유하지 않음으로 진정 내가 좋아하는 것이 무엇인지 깨닫고, 보다 가치 있는 일에 집중하는 삶을 살고 싶다.

이삿짐을 보낸 덕분에 단 일주일이지만 온전히 내가 원하는 라이프 스타일로 살 수 있게 되었다. 맥시멀리스트인 가족들도 강제 미니멀 라이프를 살게 되었으나 그 누구도 불평하지 않는다. 나로서는 그들의 반응이 참 의외다. 살아 보니 어때, 넓고 좋지?

새로운 땅, 우즈베키스탄에서는 생존을 위한 맥시멀리스트로 살아가겠지만 빈 공간을 좋아하는 본연의 나는 절대 바뀌지 않겠다는 오기가 생긴다. 정리를 취미처럼 즐기는 나. 내 마음은 벌써 우즈베키스탄 집으로 향한다. 조금

이라도 빈 공간을 확보하려면 어디에 어떻게 정리를 해야
할까.

　가로수 사이로 파란색 컨테이너가 지나간다. 빈틈 하나
없이 꽉 채워 보낸 컨테이너를 보니 낯선 땅에서 생활이
조금은 편해지지 않을까 안심이 된다. 조심히 잘 가거라. 3
개월 뒤, 따뜻한 봄에 만나자.

익숙함을
사랑하는 법

눈을 떴다. 언제 잠들었을까. 대구에서 우즈베키스탄까지 스무 시간의 대장정. 모든 에너지를 방전시킨 탓에 축 처진 몸을 눕혀 침대에 빠져드는 기분만 느꼈을 뿐인데, 벌써 새로운 장소에서의 새로운 하루가 시작되었다.

여기는 우즈베키스탄의 수도 타슈켄트. 잠에서 덜 깬 몸을 눕힌 채로 이불 속에서 눈알을 열심히 굴려 본다. "일주일 안에 모든 의식주에 대한 적응을 마친다"라고 스스로 다짐했기에 무엇부터 시작해야 할지 정해야 했다. 좋아, 오늘은 돼지고기를 사러 가겠어. 우즈베키스탄은 이슬람 국가라 돼지고기는 특별한 장소에서만 살 수 있는데, 한국에서부터 열심히 수집한 정보를 통해 파는 곳을 알고 있었기에 걱정 없었다.

문을 열었다. 두렵고 설레는 순간이다. 바깥에 발을 내미는 순간부터 내 눈에 보이고 내 귀에 들리는 모든 것들은 새로운 것이다. 나는 갖고 있는 모든 감각 레이더를 가동해 정보 수집을 시작했다. 마치 새로운 운동을 배울 때처럼 나의 모든 감각기관들이 총동원되어 새로운 정보를 수집, 처리, 저장하기 시작했다. 여행을 온 것이라면 관찰자의 입장에서 가볍게 볼 수 있었겠지만, 생존을 위해 정해진 시각까지 모든 데이터를 수집해야 하는 상황에선 단 하나의 단서도 놓칠 수 없었다. 나무도, 사람도, 자동차도 심지어 공기마저 다른 이곳. 스펀지가 물을 빨아들이듯 내 모든 세포들이 새로운 정보로 가득 차는 게 생생하게 느껴졌다.

어라, 여기가 맞는데? 돼지고기 파는 곳이 사진에서 본 곳이랑 다르다. 게다가 아무런 간판도 없었다. 낯선 땅에서 탐색하느라 이미 지친 나의 레이더는 예상치 못한 일을 감당할 에너지가 없었다. 오늘은 고기를 먹을 수 없겠다는 생각이 든다. 집에서 엄마 아빠가 돌아오기만을 기다리는 (고기를 기다리는) 아이들에게 빈손으로 돌아가야 하는 것일까. 오기가 생긴다. 사냥에 실패한 부모가 될 수는 없었다. 눈을 비비고 다시 바라본다. 분명 돼지고기를 파는 곳이 맞는데? 문제 앞에서 고민하면 뭐 하나, 문을 열고 들어가야 해결이 되지. 현지 말이라고는 단 한 마디도 할 줄 모르지만 야심차게 들어간 가게에서 들려오는 반가운 한국말, 안녕하세요. 한국말이 가능한 직원이 있었다. 내 손으로 문을 열지 않았다면 먹지 못했을, 고기가 맛있게 익어가는 우즈베키스탄에서의 첫 식사다.

나는 매일 새로운 장소를 향해 정탐을 떠났다. 가볍게

즐기는 여행이 아닌 생존을 위한 발걸음이었다. 매번 꽤나 긴장되는 순간의 연속이었다. 하지만 내 속에서 꿈틀거리는 호기심이라는 녀석은 점점 몸집을 키워 나갔다. 한국에서도 나는 스스로 호기심이 많은 사람이라는 것을 알고 있었지만, 익숙한 것에서 벗어나 전혀 새로운 환경에서 나는 호기심 그 자체였다. 이건 뭐야? 왜? 질문을 하는 어린아이가 된 기분이었다. 온 세상이 나를 위해 존재하는 것 같았다. 끊임없이 들어오는 새로운 자극들은 나를 움직이게 하는 힘이었다. 통하지 않던 막힌 혈관이 뻥 뚫려 손끝 발끝 온몸 구석구석에 피가 도는 느낌이 들었다. 흙으로 사람을 만들고 그 코에 생기를 불어넣어 사람이 생령이 되게 만든 창세기의 조물주가 있다면, 나를 더욱 나답게 하는 것은 호기심을 자극시키는 새로운 환경이었다. 일주일 만에 적응을 완료하겠다던 목표를 예정보다 훨씬 빨리 이룰 수 있었다.

매일이 새로운 것들로 가득 찬 하루. 하루를 마무리하고 누울 때면 얼른 다음 날이 왔으면 하는 마음으로 잠자리에 들었다. 눈을 뜨면 또 어떤 하루가 나를 기다리고 있을지 궁금했다. 낯선 땅에서 어려움 없이 적응하고 아는 것이 많아지는 내 자신이 뿌듯하고 자랑스러웠지만, 한편 새로운 것이 익숙한 것으로 변해 가는 것이 싫기도 했다. 더 이상 나에게 에너지를 채워 줄 새로움이 사라지고 익숙함이 자리 잡는다면 나는 어떤 재미로 살아가나 싶은 생각이 들 정도로 말이다.

이런 생각이 들 때면 또 하나의 생각이 나를 붙잡는다. 3년, 내가 우즈베키스탄에 머무르기로 되어 있는 한정된 시간. 내가 지금 창문을 열고 보는 뻥 뚫린 하늘과 매일 걷는 집 앞 아름드리나무 숲길, 매일 아침 조용히 나만의 시간을 보내던 카페, 시장 단골 가게 상인, 함께 운동하는 운동 친구들. 익숙하지만 3년 뒤에는 만날 수 없는 것들. 준비된 이별을 위해 지금 이 순간, 익숙함을 더 누리고 아끼고 사랑해야 할 터. 나는 이렇게 새로움을 익숙함으로, 익숙함을 사랑하는 법을 알아 가는 중이다.

사랑을 더욱 오래 기억하려면 마음에 두는 것보다 기록으로 남기면 좋겠다는 생각이 들었다. 블로그에 '우즈베키스탄에서 살아남기'라는 제목을 붙인 카테고리를 만들어 우즈베키스탄에서의 일상을 기록하기 시작했다. 기자의 경험을 살려 마치 내가 우즈베키스탄 특파원이 된 기분으로 모든 상황을 보기 시작했다. 나는 지금 작고 사소한 이야기도 글과 사진으로 남기고 있다. 우즈베키스탄에 오래 머물고 있는 한인들이 본다면 "뭘 이런 걸 정보라고" 할지도 모르는 시시한 정보들까지 몽땅 기록으로 남기는 중이다. 시시하면 어떤가. 나는 우즈베키스탄 초보가 맞고, 이방인의 눈에는 모든 것이 새롭고 신기해 보인다. 3년 뒤 제법 아는 것이 많아진 우즈베키스탄 베테랑이 되어 나의 과거를 돌아보면 부끄러워서 숨게 될지 모르지만 나는 지금 이 순간 보는 것과 느끼는 모든 감정을 기록으로 남겨 살아 있는 기억이 되게 하고 싶다.

오늘도 새로운 음식을 겁 없이 산다. 우즈베키스탄에서 처음 돼지고기를 샀던 날처럼 모든 문제는 문을 열고 들어

가야 해결된다는 것을 안다. 새로운 음식이 내 입에 들어

갔을 때 진짜 우즈베키스탄을 알게 될 테니까. 새로움을

익숙하게 만드는 이 하나하나의 과정이 행복이다.

우즈베키스탄의
응급실

아악— 찢어지는 비명 소리. 우즈베키스탄에 도착한 지 한 달. 아이의 자지러지는 비명 소리를 듣게 될 줄은 몰랐다. 아프면 바로 달려가서 치료받을 수 있는 한국의 병원들을 뒤로하고 의료 환경이 열악하다는 우즈베키스탄으로 향할 때, 가족들이 열감기와 독감에 걸리지 않기를 바랐을 뿐 수술이라는 것은 생각지도 못했다.

작은아이가 배를 잡고 비명을 지른다. 새벽에 소리를 지르며 고통에 신음하는 아이를 보니 당장 응급실로 가야 할 텐데, 떠오르는 것은 한국의 119뿐. 그렇다. 나는 우즈베키스탄에서 살아갈 기본적인 준비가 안 되었음을 깨닫는 순간이었다. 우즈베키스탄의 구급차 번호조차 모르는데 적응은 무슨 적응. 허나 구급차 번호를 안다 해도 영어가 안 통하는 우즈베키스탄에서 호출이나 할 수 있을까. 깊은 새벽이었지만 다행히 택시가 잡혀서 무사히 응급실로 이동할 수 있었다. 진단명은 맹장염. 수술을 위해서는 더 큰 병원으로 가야 한다는 말과 함께 집으로 돌아왔고, 아이는 지옥 같은 밤을 보내야만 했다.

다음 날, 수술이 가능한 가장 큰 국립병원을 찾았다. 낡은 책상 하나에 수염이 허연 의사와 그 옆에서 컴퓨터도 없이 손으로 차트를 적는 간호사. 마치 내 어린 시절 소아과에 온 듯하다. 우즈베키스탄 병원 위생 수준에 대해 들었던 소문 위로 이 광경이 겹쳐 보였다. 이런 병원에서 내 아들의 목숨을 담보로 수술을 해도 되나 싶은 생각이 들었다.

엎친 데 덮친 격. 휴대폰 인터넷 연결이 끊겨 번역기가 작동하지 않았다. 아이는 수술이 필요하나 그 어떤 것도 설명할 수 없는 상황이 찾아왔다. 속수무책이었다. 말도 안 통하는 낯선 땅에 내버려진 느낌. 내 힘으로 해결할 수 있는 것은 아무것도 없다는 걸 깨닫는 데까지 그리 오랜 시간이 걸리지 않았다. 이제는 온전히 하늘에 맡기는 수밖에. 완전 항복을 외치니 그제야 도움의 손길이 찾아왔다. 자신의 아이도 아파서 병원을 찾은 한 아이의 아빠가 영어를 할 줄 안다고 도움을 주겠다고 나선 것이다. 나는 우즈베키스탄의 병원에서 천사를 만났다.

병실을 배정받고 나서부터는 끊임없는 기다림의 시작이었다. 아이는 아파서 데굴데굴 구르는데 언제 수술을 한다고 알려주지는 않으니 애만 탈 뿐. 이방인이 안타까워 보였는지 병실 옆자리 아이 엄마가 나에게 생수를 건넸다. 지옥에서 맛보는 물 한 방울이 이렇게 달콤하겠나 싶을 정도로 꿀떡꿀떡 생수를 넘겼다. 자신의 아이도 맹장 수술을 했고, 이 병원 의사가 굉장히 수술을 잘한다고 하며 나를 안심시켰다. 정신을 차리고 주변을 돌아보니 병실 입원 환자는 모두 맹장 수술을 한 어린이들이었다. 아, 다 살아 있네. 그래, 목숨은 하늘이 알아서 하실 테니까. 마음속으로 짧은 기도를 드렸다.

수술은 다행히 잘 끝났다. 보호자 침대가 없는 병원이라 밤이 되면 앉아서 잠을 청해야겠다고 생각하고 있었는데 생수를 건넨 옆자리 엄마가 자신이 차지하고 있던 여분의 환자 침대를 기꺼이 나에게 양보해 주었다. 정작 자기는 한 명도 편하게 돌아눕기 힘든 작은 사이즈의 침대에 아이와 함께 누웠다. 과연 나라면 내가 이미 차지하고 있는 침대를 기꺼이 상대에게 양보할 수 있을까? 나는 두 번째 천사를 만났다.

늦은 저녁, 아들이 수술했다는 소식을 들은 남편의 지인이 무엇인가를 들고 병원에 찾아왔다. 대개 병문안을 할 때에는 주스나 과일을 들고 가는데 이분은 달랐다. 담요, 수건, 휴지, 수저, 컵, 마스크, 빵, 보온병에 직접 만든 죽까지, 병실에서 필요한 물품이 가득 들어 있는 가방을 들고 온 것이다. 낯선 땅에서 경황없이 맞이한 이 상황을 깊이 이해하고 계신 듯, 지금 우리 가족에게 가장 필요한 것들로 세심하게 챙긴 사랑의 가방이었다. 안부만 물어주셔도 감사한데, 걱정되는 마음을 세심하게 챙긴 물건들로 직접 전하는 분이 계시다니. 그동안 주로 안부만 전하는 사람으로 살아온 내가 사랑과 배려가 담긴 진심이 상대방을 어떻게 감동시키는지 처음 알게 된 순간이다. 나는 세 번째 천사를 만났다.

아이가 침대에서 일어나 걷기 연습을 시작한 날, 침구류를 담당하는 분께서 다인실이 아닌 비어 있는 2인실로 병실을 바꿔 주겠다고 하셨다(우즈베키스탄은 침구류 담당 직원이 따로 있고, 병원비가 전액 무료라 병실 업그레이드에 추가 비용은 발생하지 않는다). 입원 환자 대부분이 우즈베키스탄 사람들인 이곳에서 이방인에게 호의를 베푸는 사람을 만나다니. 덕분에 나와 아이는 퇴원할 때까지 아주 편하게 회복에 집중할 수 있었다. 나는 네 번째 천사를 만났다.

아이는 하루가 다르게 회복했다. 내 마음도 한결 편해진 어느 날, 우즈베키스탄의 병원에 대해 블로그에 글을 남겨야겠다는 생각이 들었다. 잠시 멈춘 나의 호기심 레이더가 작동하기 시작한 것이다. 국가의 무상 의료 서비스(맹장 수술도 무료로 받았다) 다음으로 신기했던 점이 우즈베키스탄 병원은 우리나라 병원과 다르게 환자식을 제공하지 않고 공용 주방에서 미음을 닮은 죽과 비스킷을 제공한다는 것이다. 맛이 궁금해졌다. 이건 현지 병원 문화를 체험할 수 있는 절호의 기회였다. 해외 여행은 얼마든지 할 수 있어도 해외 병원 입원 생활은 쉽게 할 수 있는 경험이 아니지 않은가. 아이가 입원한 와중에도 발동한 나의 못 말리는 호기심.

당장 주방으로 출동했다. 그릇에 죽을 담았다. 걸쭉하고 달큰한 향기가 났다. 비스킷 한 조각도 함께 담아 떨리는 마음으로 숟가락을 입에 넣었다. 세상에나 진작 맛볼걸. 옥수수 향기가 나는 달콤하고 부드러운 죽이었다. 생각보다 맛있어 감탄하고 있으니 공용 주방에서 미트볼을 만들던 한 엄마가 나에게 커다란 미트볼을 맛보라며 건넨다. 오예, 이분은 다섯 번째 천사다. 현지인이 만든 가정식 요리를 병원에서 맛보다니. 나는 복도 많은 사람이다. 감사 인사를 전하고 병실로 뛰어 들어갔다. 아들, 우즈베키스탄 엄마가 만든 요리 궁금하지 않아? 같이 맛보자.

우즈베키스탄 도착 한 달 만에 겪은 아이의 수술. 내 힘으로 단 하나도 해결할 수 없는 어려운 상황들 속에서도 기가 막힌 타이밍에 등장해 준 천사들 덕분에 아이는 건강하게 집으로 돌아올 수 있었다.

기분 좋은 출발

안녕하세요? 부모님이 우즈베키스탄에 사셔서 반가운 마음에 연락드립니다. 어버이날에 부모님께 떡케이크를 선물해 드리고 싶은데요.

우즈베키스탄으로의 출국을 석 달 앞둔 어느 날, 인스타그램으로 메시지 하나가 도착했다. 아직 우즈베키스탄으로 출국도 하기 전인데, 그곳의 부모님께 선물할 떡케이크를 부탁하는 메시지가 온 것이다. 나는 우즈베키스탄에 도착하면 잊지 않고 연락드리겠다고 답했다. 그동안 가게를 운영하며 열정을 쏟아부은 결실이 드러나는 것 같아 뿌듯했다. 떡케이크 사업은 종료를 앞두고 있지만 실력을 인정받은 기분이 들었다. 내 재능을 발휘해 누군가에게 기쁨을 줄 수 있는 기회가 있음을 알려 준 고마운 분이다.

그로부터 석 달 뒤, 나는 우즈베키스탄에 도착했다. 쌀 빻는 기계가 들어 있는 컨테이너 이삿짐이 올 때까지 나는 한 사람을 위해 만들 떡케이크의 재료가 되는 쌀을 찾아야 하는 미션이 생겼다. 언제 해도 할 일이지만, 마감 기한이 있는 미션은 주어진 시간 안에 반드시 성공하고 말겠다는 생각에 눈에 불을 켜고 덤벼들게 한다. 나의 승부욕을 제대로 자극하는 이번 미션. 나는 우즈베키스탄에서 내가 즐겁게 할 수 있는 일을 만들어 준 분을 실망시키고 싶지 않았다.

우즈베키스탄에서 판매되는 다양한 품종의 쌀 중에서

한국 쌀 품종과 가장 비슷한 쌀을 찾아 나섰다. 적당한 수분과 찰기를 가진 쌀을 찾아 이곳저곳에서 쌀을 구입해 먼저 밥을 만들어 보았다. 찹쌀을 섞지 않고도 윤기가 흐르며 찰기가 있는 밥이 될 것, 쌀밥의 색이 쉽게 누렇게 변하지 않을 것 등의 기준을 세우고 찾아다닌 끝에 떡 만들기에 가장 적합한 쌀을 만나게 되었다.

컨테이너 이삿짐이 도착하던 날, 그토록 기다리던 쌀 빻는 기계를 만났다. 이제는 실전이다. 미리 준비해 둔 쌀을 불려 가루로 만든다. 통통하던 쌀이 가루가 되어 나오는 모습은 참 보기 좋았다. 한국의 방앗간에서 보던 익숙한 모습이지만 직접 쌀을 골라 오랜 기다림 끝에 만들어 낸 쌀가루는 더욱 특별하게 느껴졌다. 곱게 빻은 가루를 한 번 더 체로 내려 준다. 소복소복 쌓인 예쁜 눈처럼 부드러우면서도 뽀얀 쌀가루는 나를 미소 짓게 했다. 우즈베키스탄 어딘가에 있을 방앗간을 찾아 쌀 빻는 것을 맡겼다면 지금 이 기분을 알 수 있었을까. 부드러운 쌀가루에 적당한 수분을 주고 찜 용기에 올려 떡이 되기를 기다린다. 삐

비익, 떡이 다 익었음을 알리는 주방 타이머가 울린다. 살 며시 뚜껑을 연다. 김이 모락모락 올라오는 백설기. 하얗 고 쫀득한 백설기를 뜯어 한 입 맛본다. 낯선 땅에서 만나 는 내 나라 한국의 맛. 감격스럽다.

케이크를 만들기 위해서는 앙금으로 꽃을 피워 내야 했 다. 가장 큰 문제는 우즈베키스탄에는 앙금이 없다는 것. 한국에서부터 품에 꼭꼭 안고 가져온 귀한 재료인 앙금을 꺼냈다. 부드럽게 만든 앙금을 짤주머니에 넣고 꽃을 피 워 본다. 오랜만에 잡아 보는 케이크 도구라 어색할 줄 알 았는데 기술은 몸으로 익히는 것이라 했던가, 손이 알아서 저절로 꽃을 피워 낸다. 작은 구멍을 통해 한 잎씩 나오는 꽃잎이 모여 한 송이의 꽃이 되었다. 우즈베키스탄에서 피 워 낸 꽃. 한국이 그리울 누군가의 마음에서 더 큰 꽃밭을 이룰 나의 꽃. 나는 이렇게 우즈베키스탄에서 누군가의 소 중한 선물이 될 떡케이크를 완성했다.

한국에서 석 달, 우즈베키스탄에서 두 달. 도합 다섯 달

걸려 만든 떡케이크를 무사히 그분의 부모님께 선물했다. 다음날 아침 일찍 한국에서 메시지가 도착했다.

부모님이 인증샷은 못 찍으셨대요. 그리고 너무 맛있었다고, 정말 고맙다고 하시네요.

낯선 땅에서의 기분 좋은 출발. 이보다 더 좋을 수 있을까?

에필로그

당신도, 반짝이길

단 하루도 똑같은 날이 없는 것처럼, 눈을 감는 그날까지 매일매일 반짝반짝 빛나는 하루를 살아가는 사람이고 싶습니다.

오래전 나보다 훨씬 나이가 많은 지인들이 했던 말이 기억납니다. "나도 이것저것 다 배워 봤는데 결국 별거 없더라." "이것저것 하지 말고 하나에 집중하는 것이 훨씬 좋

다." 딱 한 번 들었을 뿐인데 이 말들은 제가 흥미 있는 일
에 관심을 가질 때마다 떠올라, 이걸 배워서 뭐 하나 하는
마음이 들게 하더군요. 하지만 저는 내면의 부정적인 목소
리를 듣기보다 자신에게 질문을 던졌습니다. 후회 안 할
자신 있어? 질문의 대답은 항상 같았습니다. 지금 시작하
지 않으면 후회할 것 같아. 그렇게 나의 목소리를 따라가
는 길에서 나를 나답게 하는 행복을 느꼈습니다. '오늘도
반짝반짝 라이프'의 비결은 바로 도착점에 있을 내 모습을
상상하며 하고 싶은 일만 바라보고 계속 전진하는 것이랍
니다.

〈빨강머리 앤〉 노래 가사를 참 좋아합니다. 주근깨 빼빼
마른 빨강머리 앤, 예쁘지는 않지만 사랑스러워. 예쁘지
는 않지만 사랑스러운 내 자신이 어느 날 한복 모델 대회
를 알게 되었습니다. 미인대회나 모델은 이번 생에는 없다
고 생각했는데, 얼굴도 키도 안 보고 오로지 한복 자태만
보는 대회라는 소식을 듣고 과감하게 도전했습니다. 남들
은 네가 무슨 모델이야 할지 모르지만 저는 더 이상 타인

의 시선을 의식하지 않는 사람이니까요. 결과는 어떻게 되었을까요? 1차 서류, 2차 지역 본선, 3차 결선을 거쳐 입선이라는 타이틀을 얻게 되었습니다. 우즈베키스탄에 가게 될 줄 모르고 도전했던 일인데, 한복 모델이라는 타이틀은 내 나라의 옷을 가장 잘 알릴 수 있는 사람이라는 자신감과 한복을 알려야 한다는 사명감에 이삿짐에 한복을 챙기게 만들었습니다.

우즈베키스탄에서도 도전은 계속되는 중입니다. 제가 가진 다양한 구슬을 한국 문화라는 주머니에 담아 보기로 했습니다. 음악 선생님, 떡케이크, 대금, 한복 모델의 공통점은 바로 한국 문화. 우즈베키스탄에서 한국의 음악을 알리고, 한국의 음식을 알리고, 한국의 의복을 알리는 사람이 되어 볼 수 있겠다는 생각에 내가 가진 것들을 나눌 곳을 살펴보고 있습니다. 앞으로 분명 재미있는 일들이 기다리고 있을 것 같아 벌써 가슴이 두근거립니다.

내가 좋아하는 일, 나만이 할 수 있는 일을 찾아 떠나는 구슬치기 여행. 당신도 용기를 내어 시작해 보세요. 어렵고 두려운 모퉁이를 돌아설 때마다 반짝이는 당신을 만나게 될 겁니다.

　끝으로, 글쓰기라는 작은 구슬을 발견해 '대구우수출판콘텐츠'에 도전하고 작가라는 큰 구슬이 될 수 있도록 함께해 준 편집자 오은지 대표께 깊이 감사드립니다. 책이라는 구슬을 수없이 다듬고 쓰다듬어 더욱 빛이 나도록 만들어 준 정효진 디자이너님과 글 속에 숨은 제 마음까지 읽어 내어 사랑스러운 일러스트로 표현해 준 이내 작가님께도 깊은 감사를 전합니다.

오늘도 반짝반짝 라이프

초판 1쇄 발행 2024년 10월 28일

지은이 하경래
펴낸이 오은지
편집 오은지
일러스트 이내
디자인 정효진

펴낸곳 도서출판 한티재
등록 2010년 4월 12일 제2010-000010호
주소 42087 대구시 수성구 달구벌대로 492길 15   **전화** 053-743-8368
팩스 053-743-8367   **전자우편** hantibooks@gmail.com
블로그 blog.naver.com/hanti_books
한티재 온라인 책창고 hantijae-bookstore.com

ⓒ 하경래 2024
ISBN 979-11-92455-61-7 03810

이 책은 대구출판산업지원센터의
'2024년 대구우수출판콘텐츠제작지원사업'에 선정되어 발행되었습니다.